Riba Kaya ku Hamber

Luisette Kraal

Author: Drs. Luisette D.C. Kraal RN.
www.luisettekraal.com.
ISBN: 978-1-960509-12-3

KONTENIDO

KAPÍTULO 1

Preimu chines

Djamal ta slo un tiki pa e kue rosea. Binchi ta sigui kore yen spit bai lag'é.

Un hòmber gordo, kara rondó, kòrá kòrá ta kore su tras. Djamal ta slo nèt nèt pa e hòmber kore yega serka i saka su man pa gara Djamal i Djamal ta bùk, skùif, i kore bai lag'é. No tin nada ku e hòmber por hasi. E muchanan ta muchu mas lihé kuné!

Binchi ta kore bai, para na un distansia i saka su lenga.

"Mi ta -- bisa -- bo mama -- riba bo!" e mener ta grita ku un rosea pisá pisá.

"Ha, ha, ha, bai bis'é numa ... si bo por hañ'é, kumind'é p'ami!" Binchi ta grita tanten e ta kore bai manera biná ku a tende tiru.

Nan ta lora un bògt, drenta un hanchi di kabritu bai paden, lora na man drechi den un hanchi chikí chikí. Kasi un hende no por ripará ku esaki ta un hanchi. Nan ta pusha pasa den e yerbanan altu te ora nan yega na e palu di tamarein ku nan ta sinta bou di dje. Esaki ta nan palu. Bou di e palu nan a limpia i kita yerba i tin dos piedra pa sinta.Tin tambe algun hèmber bieu boka bou ku nan sa skonde kos aden. Niun otro hende no sa di e palu akí i ku nan ta sinta bou di dje tur dia. Nan no sa trese niun otro mucha tampoko!

Djamal ta kai sinta abou na suela! I Binchi ta para doblá ta hala rosea duru. Despues di un ratu nan ta habri e paki di preimu chines ku nan a hòrta for di e Chines i nan ta kuminsá kome ku smak.

Nan tur dos ta hari pasó nan ta kòrda kon e Chines a kore nan tras i kon fásil nan a kore bai lag'é.

"Ya, nos no por bai einan mas sí, pasó e konosé nos kara awor." Djamal ta bisa.

"Si bèrdat, pero no ta tur dia e tei. Su yu muhé sa traha hopi bia i su kasá tambe i nan no konosé nos. Nos tin ku drenta unu unu, no

huntu." Binchi ta bisa. Binchi semper tin bon idea.

"Bon idea!" Djamal ta bisa,"Mama no por haña sa! Si e sa, e lo no laga mi sali ku bo mas."

"Ai nò, a sobra un preimu chines so!" Binchi ta grita, "Bo a kue mas ku mi!"

"Nò yu, wak aki, ata mi pipitanan. Ta kuater pipita mi tin." Djamal ta defendé su mes.

"Mi tambe tin kuater," Binchi ta bisa.

"Awèl nos tur dos a haña mes tantu i a sobra un so." Djamal ta bisa.

"Ban tira lòt pa wak ken ta gan'é!" Binchi ta bisa i nan ta kuminsá tira piedra wak ken ta kai mas leu.

Nan ta tira sinku bia i Binchi ta gana.

"Ai nò, ta pasó bo ta mas grandi ku mi, p'esei!" Djamal ta reklamá, pero e no por hasi nada. Binchi ta mas grandi kuné i el a gana. E tin ku sinta wak Binchi saboriá e último preimu chines. Pa malu Binchi ta kome poko poko i ta hasi yen zonido.Tjap tjap su boka ta zona tanten e ta kome e preimu chines i wak Djamal di abou.

Djamal ta lanta bai numa i kuminsá kana tira piedra su so. "Ata wak!" E ta grita. "E palu di mango di Shon Flora a pari mango! Tin algun hechu!"

Binchi ta bula lanta. "Na unda? Kua? Mi gusta mango! Nan ta hechu pa kome?"

Djamal ta hisa man i mustra, "Wak ayá! No tin hopi mango hechu n'e ainda, pero tin algun kla pa kome sigur!"

Nan dos ta kana bai mas serka.

E kachó ta kuminsá blaf!

"Ai nò...Shon Flora ta kapas di tende!" Binchi ta bisa

"Aworakí nò, e ta den su kamber ta drumi wak novela! E no sa mes." Djamal ta bisa.

"Kon bo por sa?" Binchi ta puntr'é.

"Pasó mi ruman sa bai limpia kas p'e. Mi a bai kuné un bia anto el a n'ami un florin. Mi sa ku e ta drumi mèrdia den èrko." Djamal ta bisa.

"Awèl nèt bon." Binchi ta bisa djente afó. E ta yega serka i ta kuminsá papia ku e kachó. "Tja tja tja tja, swiiiitiiii, konta?"

Pero e kachó no kier keda ketu. E ta blaf mas duru ainda.

"Bai dilanti di kas abo," Binchi ta bisa Djamal. "Pasa di den kaya, i tira e kachó ku piedra pa e bai blaf aya i mi ta bula subi e muraya i kue dos mango!"

"Mi tin miedu!" Djamal ta bisa.

Binchi ta hisa dos wowo grandi wak e i Djamal ta kore duru bai bèk den kaya i yama e kachó i kuminsá tira piedra. Mesora e kachó ta bin i kuminsá blaf dilanti. Djamal ta keda tent'é pa e no bai patras.

Pero awor si Shon Flora a lanta wak ta kiko tur e beheit ei ta. E ta habri bentana i solo di atardi ta den su kara i e no por wak ta ken ta pará pafó di kurá. "Mucha!" E ta grita. "Ta kiko bo mester? Dikon bo ta aki?"

Djamal ta kuminsá soda, pasó e sa ku Shon Flora konosé i ku e konosé su Mama bon bon. Aiaiaaai, awor Mama ta bai haña sa ku Djamal ta hòrta kos. Sla ta bai kai. Djamal su pianan ta bira tòdi tòdi. Tur temblá e ta bisa, "Uhmmm Shon Flora ... uhmmm."

E no por papia.

KAPÍTULO 2

Preimu chines

"Mucha! Bisa mi kiko bo mester. Ta bo mama a manda bo?" Shon Flora ta grita.

Sin Djamal sa ki ora, Binchi ta paresé banda di dje i bisa, "Bon tardi Shon Flora!" Su stèm ta zona ku rèspèt. "Nos kier a wak si Shon Flora ke nos pone ko'i sushi afó òf yuda ku algu den kurá. Mama a manda nos pasa wak."

Mesora Shon Flora su bos ta kambia! E ta bisa, "Esta lif no." Su stèm ta kontentu. "Sigur boso por yuda mi. Warda mi yama Robitu."

Shon Flora ta sali pafó i bisa: "Robitu, Robitu bin aki bin konosé un yu di un bon bisiña di mi i su amigu." E ta tene Robitu na su banchi, pero Robitu no ke stòp di blaf i asta ta purba ataká e muchanan.

"Robitu STÒP. No hasi kos di mahos. Esaki nan no ta ladron, ta yu di Rosalinda i su amigu a bin yuda nos." Shon Flora ta bisa i ta pasa man riba kabes di e kachó.

Shon Flora ta hisa kara i bisa e muchanan, "mi no sa dikon e ta hasi mala mucha asin'ei, pero mi sa kon pa hasié bo amigu pa semper! Tin bleki di sosèshi pa kachó ku mi ta warda den kashi. Tin un kaha. Kue un bleki den e kash'i kushina banda di e porta blou ei pa mi."

Binchi ta kore drenta e kas i bai wak den e kashi di kushina. E ta topa e kaha ku bleki di sosèshi manera Shon Flora a bisa i e ta kue e bleki. E ta hib'é pa Shon Flora i esaki ta trèk e lep ariba i habri e bleki. E ta laga Binchi i Djamal kue un sosèshi i tir'é pa Robitu.

Binchi i Djamal ta keda wak e sosèshi. Bèrdat? Ta eksistí sosèshi pa kachó? Nan tin un tiki duele pa tir'é pa e kachó, pero Shon Flora ta bisa nan, "tir'é, tir'é, no ta sosèshi pa hende, ta kuminda di kachó tin aden!"

Ku duele nan ta tira e sosèshi pa e kachó numa. Despues Shon Flora ta laga nan kue un

sosèshi mas. Tabatin kuater sosèshi den e bleki. Awor e ta laga nan duna Robitu e sosèshi na boka.

Djamal ta tembla!

Pero Shon Flora ta bis'é, "no spanta. E no ta morde hende ku dun'é sosèshi. E sa ku nan ta amigu di kas."

Robitu ta gruña nan si, pero e ta tuma e sosèshi kontentu fo'i nan man. Despues di un ratu Shon Flora ta laga Robitu lòs i esaki ta kai drumi bon mucha na su pia. Nada mas di blafmentu.

Tur tres ta hari.

"Awor, kue e klikonan i hiba nan pafó pa mi. Pero mester mara nan pa e chòlernan no hòrta nan." Shon Flora ta bisa.

Bon mucha, Binchi i Djamal ta lastra e klikonan pone pafó. Ku un kabuya nan ta maranan na e waya.

"No wòri, mainta mi ta lòs nan promé ku e trùk di sushi pasa." Shon Flora ta bisa.

Tuma aki muchanan, i e ta duna tur dos un florin.

Kontentu tur dos ta kore sali e kurá i nan ta bai bèk den nan kaya di kabritu i sinta riba nan piedra.

Binchi ta hari te yora.

"Kiko a pasa Binchi?" Djamal ta puntra.

"Wak aki!" Binchi ta saka dos bleki di sosèshi for di su saku.

Djamal ta span wowo riba dje. "Unda bo a haña nan?" E ta puntra ku boka habrí.

"Den kashi di Shon Flora! Ha! Mi a kue tres. Mi a dun'é un i keda ku dos. E lo sirbi nos despues!" Binchi ta hari te yora i Djamal tambe ta hari un tiki, pero e ta blo kòrda Shon Flora pa e no bai bisa Mama nada.

Binchi ta bùk i skonde e blekinan bou di e hèmber bieu i skondé den e yerbanan altu. Mesora e ta habri e yerbanan for di otro i ta mustra Djamal seis mango grandi grandi den e yerbanan skondí.

Ku wowo mes grandi ku un skòter Djamal ta wak.

"Bo a kue tur seis? Pero no a keda niun hechu pa Shon Flora e ora ei," Djamal ta bisa spantá.

"Ai yu, no ta nada. E palu ta yen yen, mas lo hecha!" Binchi ta hisa skouder. E no tin kunes.

"Pero Shon Flora ta bai ripará!" Djamal ta bisa spantá.

"E no ta sa ku ta nos tòg! Stòp di hasi drùk. Mi a mira un palu yen di kashu djis banda di e palu di mango akí. E por kome kashu turesten ku e mangonan ta hecha pa e kome." Binchi ta kue e mango di mas grandi, oraño, hel kòrá i ta limpi'é na su tishùrt.

E ta dal un hap aden i e djus di e mango ta kore na su kachete. "Hm, dushi yu!" E ta grita. "Bo no ke unu?"

Djamal ta wak rònt, pero despues e ta kue un mango numa. "Hmmmm dushi yu!"

"Kuidou pa e no lèk riba bo tishùrt. Pasó mango ta mancha paña i tur hende ta sa ku ta nos a kue nan." Binchi ta bisa.

Mesora Djamal ta lèn dilanti pa tur e djus lèk abou i no susha su paña.

Despues di un mango grandi nan no por kome mas.

KAPÍTULO 3

Ban vèlt

"Kiko nos ta bai hasi ku e kuater mangonan ei?" Djamal ta puntra Binchi. "No ta mihó nos pone nan riba e muraya patras di Shon Flora ya e tambe por kome un?"

"Bo kabes ta bon Djamal? Despues di tur kos ku nos a pasa aden pa hòrta e mangonan bo ke hiba nan bèk? Ban! Mi sa kiko nos por hasi ku nan." Binchi ta bula lanta i kue dos mango.

"Kue dos mango bo tambe i ban kas. Laga nos pasa di mondi pa niun hende no mira nos ku e mangonan. Mi ta bula waya kue un saku di plèstik den kushina i mi ta bin bèk un bes." Binchi ta bisa.

Djamal ta keda para pafó di kurá di kas di Binchi i despues di un ratu asina ei Binchi ta bula waya bèk i trese e saku. Nan ta hinka e mangonan aden. Nan ta kana subi kaya.

"Unda nos ta bai?" Djamal ta puntra.

"Sigui mi bo ta sa." Binchi ta kana ku spit.

Nan ta yega na kaya grandi kaminda tin un parada di bùs. Tin diferente hòmber para ku nan unifòrm di Adriko bistí. Nan a kaba sali trabou i ta kue bùs pa bai kas.

"Mango pa bende!" Binchi ta grita i e ta habri e saku i mustra.

"He eeee, mango grandi i bunita," un di e hòmbernan ta puntra ta kuantu.

Binchi ta bula bisa, "Dos florin pa e saku mener, ta di nos palu nan ta."

Mesora e mener ta saka su pòtmòni i duna Binchi dos florin i tuma e mangonan.

Binchi i Djamal ta kore bai, baha den roi i drenta den mondi.

Unda e sèn ku Shon Flora a duna bo ta?" Binchi ta puntra Djamal.

"Mi tin e den mi saku." Djamal ta bisa.

"Duna mi e," Binchi ta bisa.

"Nò, ta di mi e ta. Shon Flora a duna mi e." Djamal ta bisa.

"Si mi sa, pero Boy, bo ruman hòmber chòler lo hòrt'é fo'i bo. Duna mi e i mi ta warda tur sèn huntu, asin'ei nos tin sèn pa kome mañan." Binchi ta bisa.

"Ta bon," Djamal ta dun'é e florin. Awor Binchi tin kuater florin i Djamal tin niun.

"Ban vèlt ban wak wega di bala." Binchi ta bisa i Djamal ta bula lanta!

"Bon idea. Bo ta kere Subt ta gana awe?" Djamal ta grita ya na kareda.

Tur dos ta kore bai vèlt di Subt i nan ta slùip wak kon nan por drenta pòrnada. Ta dura basta pa nan topa un brò ku ta hinka nan aden.

Wega ta bon i nan ta grita masha duru mes. Despues di un ratu Djamal ta drai wak i Binchi no tei sinta. Na unda e por ta? E ta keda warda, pero despues di basta ratu e ta baha abou i bai buska Binchi. E ta bai wak den e wc nan i despues e ta bai e kuler. Binchi no tei. Den su rabu di wowo e ta mira Binchi pará mei mei di e gai grandinan ta kome un hòdòk!

"Binchi!" E ta grita.

"Bai sinta warda mi," Binchi ta grit'é i ta dal un hap mas den su hòdòk.

Djamal su stoma tambe ta gruña. E mango i e preimu chinesnan a larga bai masha ora.

Binchi ta papia ku dos gai grandi. Un di nan ta kabes bashí i brasa diki. E otro tin yen prek na su brasa. Esun kabes bashí ta grita, "bai fo'í djaki mucha!" Anto e ta hasi manera e ta bai dal Djamal.

Djamal ta bula patras i kore bai.

E gai grandi yen di prek ta grita hari.

Ku un tiki miedu Djamal ta bai sinta warda Binchi bin.

Despues di basta ratu esaki ta lastra bin trankil asin'ei i kai sinta i kuminsá grita mesora bèk pa nan wega di bala.

"Unda bo a haña e hòdòk?" Djamal ta puntr'é.

"Stòp di molestiá mi, Djamal! Ta mi brò a duna mi pida! Bo mes sa, nan no ke kana ku mucha chikí!" Binchi ta bisa fadá.

"Pero ta dies aña mi tin. Anto abo diesun. Nos ta kasi mes grandi." Djamal ta argumentá.

"Mi a bisa bo stòp di molestiá mi Djamal, sino mañan bo so ta kana bin kas! Mi no ta kana ku bo despues di skol." Binchi ta grit'é.

Djamal ta sera su boka numa pasó e no ke pèrdè su amigu Binchi.

Nan ta sigui wak wega te ora bira skur. Kansá di e dia nan ta bai kas.

Djamal ta habri e porta di kurá i e ta tende djaleu e televishon ta grita. Su ruman muhénan ta sintá ta wak novela ku e volúmen di televishon masha altu. Patras den kas su ruman hòmber ta toka bachata i kas ta yen zonido.

Djamal ta kana drenta i ta bisa, "Kon ta Chichi? Kon ta Vidi?"

Djamal ta kana bai kushina pa e buska kuminda i Chichi ta bai su tras.

"Djamal unda bo a keda fo'i ora skol a kaba he? Si mama tabata na kas e lo a dal bo sigur." Chichi ta bisa.

"Agt stòp di hasi fèrfelu! Ta na vèlt di Subt mi a bai wak wega. Awe Subt a hunga kontra Sentro Dominguitu. Un mucha no por wak wega mas awor tampoko? Ta novela bo ke mi wak ku bo?" Djamal ta puntra fresku.

KAPÍTULO 4

Nada di droga

Sin ku e ripará su ruman grandi Vidi a drenta kushina kuchikuchi i ta pas'é un mèp!

"Rèspèt, no papia asin'ei ku Chichi. Bo por a bin kas i bisa ku bo ta bai vèlt."

Djamal ta trèk su boka, "Chiuuuuu," i e ta kana bai.

Chichi ta grit'é. "Tin aros ku lechi riba stof pa bo."

Djamal ta bira bai wak su kuminda. E tin hamber. E ta kue un tayó di granit tur batí i ta pone e aros aden. E ta basha lechi ariba i ta lur su ruman muhénan i hòrta dos kuchara di suku pone ariba. Lihé lihé e ta bru'é aden promé ku Vidi wak ku el a kue dos kuchara di suku. Ta mainta so e tin mag di haña suku den su te, pa e suku no kaba. Pero e no gusta aros ku lechi mashá, pero ku e suku si e ta smak mihó. E ta kai sinta na mesa i ta kome su kuminda.

Chichi ta lora kabei di Vidi. E kleps nan ta ros i hel. Novela ta duru sendé, pero e bachata ainda ta bati patras den kamber. Vidi i Chichi ta biba ku e novela.

"Ai nò yu, ami lo a dal e." Chichi ta bisa e televishon.

"Ami lo a basha bou riba dje, esta un hòmber sinbèrgwensa no." Vidi ta bisa i tur dos ta sakudí kabes ku si.

Ora di propaganda, Djamal ta slùip kue e 'remote control' i kambia e televishon pa e wak wega di bala. E ta wak nèt un minüt promé ku Chichi i Vidi ripará.

"Ban mira! Kambi'é!" Nan ta grita.

"Ta propaganda!" Djamal ta bisa.

"Mi a bisa bo pon'é bèk!" Vidi ta yega i ranka e 'remote control' for di su man, "Wak bo no mishi kuné! Nèt awe nan lo pasa kon e kriá ta bai basha bou riba e muhé falsu ei, kier men mi no ke pèrdè nada. Bai drumi! Bo tin ku bai skol mañan!" E ta pusha Djamal pa bai den kamber.

Sin smak Djamal ta lastra pia bai den baño. Despues e ta bai den kamber patras kaminda Boy ta basha bachata.

"Kon ta?" e ta bisa.

“Hei brò! Unda bo tabata? Mi tabatin un djòp pa bo,” Boy ta bisa.

“Mi a bai wak wega na vèlt.” Djamal ta bisa.

Boy ta hala un trèk grandi di su cheiba. E kamber ta hole zut zut. Djamal ta hala patras pa e huma no dal e den su kara. E sa kaba ku e huma ta hasié malu.

“Bai hiba e paki akí pa Erny na e kas ros na punta di hanchi banda di e tienda di portugues. Tuma e sèn mesora trese pa mi. Si e no duna bo sèn no dun’é e paki.

Sali aki di patras pa e galiñanan ei no mira bo ta bai. Nan ta kuminsá kokodè mesora.” Boy ta hari i bo por mira su djentenan di oro.

“Aworakí? Dikon bo mes no ta bai?” Djamal ta puntra.

“Bai abo, mi a manda bo! Anto mi ta malu. “ Boy ta bisa.

Djamal ta wak Boy den su kara i bèrdat e no ta parse bon. Su kara ta chupá i su kueru ta blek. Su lepnan ta kasi shinishi.

“Bo tin keintura?” Djamal ta puntr’é. Pero Boy ta stot e i push’é ku e saku i sak’é for di kamber ku e saku den su man.

“Bai promé mi skòp bo,” Boy ta bisa ku tono rabiá.

Djamal no tin miedu di dje. Manera e ta tur tambaliá ei e no por skòp ni un pushi.

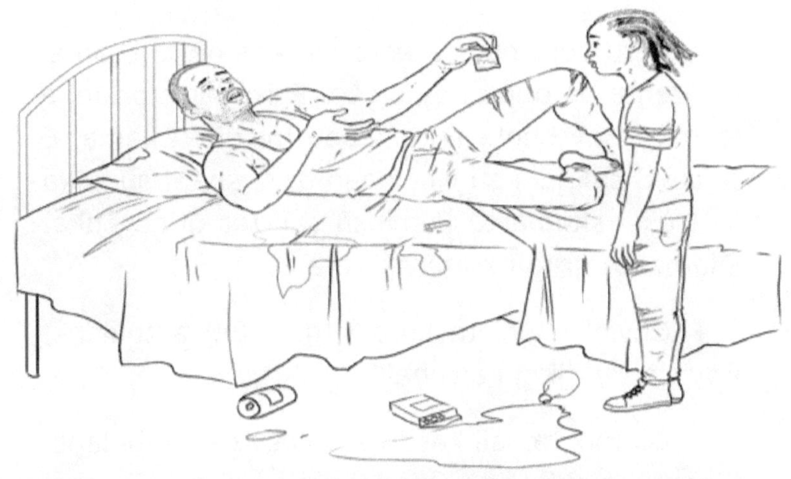

Pero tòg Djamal ta hasi manera Boy mand'é.

Asina Djamal ta slùip di patras i sali kore bai. E ta pasa dilanti di kas di Binchi. Kas ta sukú sukú. Nan no tin koriente atrobe.

Sintá pariba di e muraya di kas den sukú, Binchi ta mir'é kore pasa i ta flùit e. "Kiko bo ta hasi?" E ta puntra.

"Un fabor pa Boy. Bo ta ban?" Djamal ta puntr'é.

Binchi ta bula lanta. "Si ban!"

Nan tur dos ta kore bai na e kas muraya ros. Nan ta keda pará patras di kas i tira piedra na e bentana pabou. E bentana ta habri i un mucha hòmber ta bula sali i tuma e paki i duna Djamal 25 florin.

Ketu ketu nan ta kore bai kas bèk i Djamal ta drenta pa duna Boy e sèn. Pero nèt e ora ei e ta mira Boy bentá mitar abou for di su kama. E ta trèk, sakudí i su wowonan ta di span, su boka ta trèk i skuma ta kuminsá sali for di su boka. Djamal ta grita i kuminsá yora.

Chichi i Vidi ta kore yega. "Bèl ambulans, Boy tin un djimpi atrobe!"

Djamal ta sali kas i para warda e ambulans. Binchi ta sintá riba su piedra pariba di kas i Djamal ku ta morto kansá ta bai sinta serka dje warda ambulans bai i kos kalma. Temblá e ta bai paden pa bai drumi. Ta mei anochi i no tin niun hende den kas pasó Chichi i Vidi a bai hòspital ku Boy. Ku su paña di skol bistí, e ta hala su matras fo'i bou di kama di Chichi i subi drumi.

Su siguiente dia su mama ta lant'é ku un smail. I e ta kontentu di mira su mama hari. Esei ta nifiká ku Boy lo ta basta bon. Pero Djamal tin miedu di puntra.

"Ora bo ta kla, bin den kushina bin kome Djamal," su mama ta bis'é.

Lihé Djamal ta yena hèmber i baña. E ta ripará ku su mama a pone un kamisa di unifòrm limpi p'e i e ta bistié ku e mesun karson di ayera. Su meanan ta maron di tera i lodo. Asina mes e ta dal nan numa. "Niun hende no ta sa pasó ta den e sapatu nan ta bai tòg." Djamal ta pensa i hari. E ta wak e kèts un tiki tristu. Ta un lástima ku el a kuminsá lòs abou. E lo kibra mes mes masha lihé awor. Ban wak si mama por kumpra un nobo p'e òf si e tin ku keda kas un par di dia fo'i skol. Pasó sin sapatu bo no por bai skol.

Den kushina e ta haña un pan franses ku manteka. E ta kome kontentu i bebe su te ku suku aden. Ora mama no ta wak e ta benta tres kuchara di suku aden.

Mama ta kai sinta i bisa, "Boy ta bon. El a haña un djimpi, pero el a bin kas bèk despues ku dòkternan a yud'é. E ta den kamber ei drumi. E lo no lanta pa algun ora sigur. Semper e ta keda sùf sùf despues di un djimpi."

Mama ta kita un tiki awa for di su wowonan anto e ta bisa ku un furia: "Mi tin rabia riba cheiba. Mi tin rabia riba tur droga! Mi no ke mira mi yu asin'ei. Djamal mira bo keda den skol! Nada di droga pa bo. Bo a tende mi? Nada di droga!"

Djamal ta baha kabes.

KAPÍTULO 5

Awaseru

Mama ta lanta i traha su kòpi te i ta lora mitar pan pa e bai trabou kuné.

Mama ta traha dos trabou. Mainta den un fábrika di plèstik anto anochi e ta sirbi mesa na fiesta pa un mucha hòmber ku ta hasi 'catering'.

Chichi i Vidi tambe ta drenta kushina i kue nan te.

"Dikon bo ta duna Djamal henter un pan? Aweró no tin pa nos!" Vidi ta reklamá.

"Ta fo'i bo asuntu," mama ta bis'é. "Bo ta muhé grandi, si bo ke pan, bai traha. Aki den ta mi ta traha i mi ta duna ken ku mi ke kiko ku mi ke." Mama su tono ta skèrpi.

Djamal ta mira kaba ku un pleitu ta bai kuminsá i lihé lihé e ta bisa, "Mi no tin dje hamber ei Vidi, bo ke pida?"

"Nò, no dun'é!" mama ta bisa na kandela. "E no ta manda den mi kas."

Vidi ta chiu e i ta habri frishidèr. "Kiko bo a trese di fiesta ayera nochi Mama?" e ta puntra.

"No a sobra hopi kos, pero tin un tiki pùnch. No duna Djamal pasó tin alkohòl aden. E mucha mester siña bon na skol." Mama ta bisa.

Vidi ta hari, basha su glas grandi di pùnch i sinta bebe dilanti Djamal i lembe boka pa e tent'é!

Djamal ta baha kabes, pero den su kurason e ta kontentu ku e guera no a bai dor. Ta trankil den kushina. Chichi kasi na soño sintá, Boy ta ketu ketu den su kamber. Kas ta trankil.

Mama i Djamal ta sali kas huntu. Mama ta para na parada di bùs i Djamal ta kana pasa dilanti di Binchi su kas i flùit. E tin ku flùit hopi promé ku Binchi sali pafó ku wowo yen mèkèmèkè i ku paña tur machiká na su kurpa.

"Ban sua, nos ta bolbe yega lat si bo tarda." Djamal ta bis'é.

"Mi ta bin! Binchi ta bisa i ta bai paden pa sinku minüt, pa despues e

sali ku su kara limpi limpi i muhá, pero ainda su pañanan ta mesun machiká. E tin su kèts na su pia i nan ta kore yega skol nèt nèt. Tur dos ta kore sinta na nan mesa i yùfrou ta kuminsá papia.

Djamal a gusta e lès di geografia. El a siña kon áwaseru ta kai for di nubia i kon e airu kayente ta subi pasa riba seru i bira friu i produsí awa. Esaki ta un kos ku e no tabata sa i ku awor a yen'é ku un apresio pa naturalesa. Semper el a pensa ku áwaseru ta un kos fèrfelu pasó tin yen di lodo kaminda e ta krusa den mondi pa bai skol. Pero awe el a keda pensa riba un naturalesa asina bunita ku por laga airu kambia i produsí awa. Eh ehhhhh.

"Kon bo a haña e lès di áwaseru ku nos a siña di dje?" Djamal ta puntra Binchi ora nan ta kana bai kas.

"Kua áwaseru? Tokante di kiko bo ta papia? No tin niun áwaseru, ta kèns bo ta? Wak ta seku seku!" Binchi ta haña e kos masha prèt i ta hari te dal su man riba su pia.

"Agt, mi kier men e lès di geografia, ku nos a siña awe! Tokante di áwaseru," Djamal ta bisa un tiki fadá.

"Mi no sa nada di áwaseru sua! Mi no a tende. Mi a drumi pasó mi tabata kansá, anto yùfrou gusta keda blabla." E ta habri su tas i saka su tishùrt afó. E mesun di tur dia. Bon sushi, pero asin'ei mes e ta bistié. E ta hinka su kamisa di skol den su tas. Despues Binchi ta saka un kareda kuminsá skòp un bleki bieu ku nan ta warda pa hunga bala kuné den nan kaya di kabritu.

E ta skòp e pa Djamal i Djamal ta skòp e bèk.

Ora Binchi bolbe skòp e, Djamal ta kore bai i grita. "Mi no ta skòp mas. Mi kèts ta kibrando mi no sa kuantu dia mas e por bai. Si mi skòp kos kuné e ta habri mes mes."

Binchi ta kore yega i bisa: "Mi a mira Kotoi ku un tubu di 'bisòn kit'. Bo ke ban wak e?"

"Siiii, pero e lo ke duna mi e? Òf nos por dun'é e sèn di ayera? E kuater florin?" Djamal ta puntra un tiki preokupá.

"Kèns bo ta sua? Nos no ta gasta nos sèn. Ban wak e leim!" Binchi ta grita. Nan ta kore yega Binchi su kas.

KAPÍTULO 6

E Kèts

Ta parse manera no tin niun hende na kas. Nan ta drenta dilanti. Tin buraku pa e bentananan, pero e bentananan mes no tei. Ku zim i palu nan ta medio será. E porta di kas no ta na lòk. Paden ta skur skur. Pero Binchi tin bon wowo. E ta slùip bai patras i ta zuai su man pa e mustra Djamal pa sigui. E ta pone su dede na su lep pa Djamal keda ketu.

Poko poko nan ta yega patras. Ei nan no tin flur bashá. Abou ta di santu di pak. Tin muraya si, pero no tin dak. Un tapol blou ku hopi buraku ta tapa e kas. E burakunan ta laga lus di dia drenta i ta mas fásil pa Djamal mira unda e ta bai. Tin un

mesa di palu ku algun kòmchi di plèstik pa laba tayó. Hopi muskita ta bula. E mesa ta yen yen di tayó, panchi i kos sushi.

Nan ta bai patras den e kas. Den un kamber sin porta nan ta lur paden. Kotoi ta duru na soño.

"Shhh!" Binchi ta pone su dede na su lep atrobe i slùip. "Burachi òf drogá. Un di dos," e ta bisa ku stèm abou abou.

Riba su tenchi e ta drenta i ta rèk man pa kue e tubu di leim bentá abou banda kaminda Kotoi ta drumi riba e matras na suela.

Un man grandi ta sali i gara Binchi!

Kotoi ta bula lanta i bira Binchi su man tras di su lomba i su otro man rondó di su garganta! "Kiko bo a bin kue di mi? Ladron! Ta ken a manda bo?" Kotoi ta rous e.

"Kotoi! Stòp! Ta mi, Binchi." Binchi ta snik i bisa.

Poko poko Kotoi ta laga Binchi lòs. "Ahan ta bo?" E ta kai bèk riba su kama i puntra. "Dikon bo ta slùip aki den?"

Binchi ta bis'é: "Ta un di bo brònan ta eifó. Mi no sa si ta Sergio ta buska bo! E di un kos di un paki 5 ku a pèrdè. Yama, mi a bin yama bo!"

Kotoi ta kai bèk riba su kama i sigui drumi. "Bis'é mi no tei," i e ta bòltu i ronka.

Binchi ta bùk kue e leim i sali na kareda riba su tenchi. "Ban bou pal'i tamarein," Binchi ta bisa.

Djamal ta kore sali e kas skur ku e holó zür ei. Ora e yega pafó e ta hala un rosea profundo i hisa su kara na laira.

"Hopi laf Binchi ta biba. Maske na mi kas mi rumannan ta fèrfelu, pero tin lus i tin hende. Aunke nan ta pleita henter dia, pero nan ta kushiná si," Djamal ta pensa den su mes, pero e no ta bisa Binchi nada.

Binchi ta kana duru, ku kara será i lep primí riba otro. E no ta bisa nada i Djamal no ta riska puntra nada tampoko.

Binchi ta skòp piedra duru i pa loko. Un ta bula kasi dal Djamal.

Ora nan kai sinta Binchi ta bisa Djamal, "na mi bo sapatu."

Djamal ta kita su sapatu i nan dos ta wak e situashon.

"Mihó nos habrié aki un tiki mas i hinka e leim tur aden pa e plak bon bon," Binchi ta bisa. Nan ta buska pida palu i nan ta push'é aden pa habri e sapatu un tiki mas. E leim ta spùit aden i basha over. E ta muchu hopi i e ta kore basha riba rant di e sapatu tambe.

Djamal ta kue un par di blachi pa purba limpia e leim ku a kore sali. Pero e ta keda un tiki diki tòg.

"Mi kièr sa e mester keda habrí un ratu pa e leim seka un tiki promé ku plak e," Binchi ta bisa i nan ta sinta warda. Despues di un ratu nan ta plak e. E ta parse ku e ta plak.

Djamal ta djente afó!

"Mihó bo kana pia abou laga e kèts keda aki p'e seka un tiki," Binchi ta bisa. "Nos por pone un blòki riba dje."

Asina nan ta hasi.

Ku e blòki riba e kèts nan tin ku warda i direpente tur dos tin hamber.

"Laga nos bai wak kiko nos por haña pa kome," Binchi ta bisa. "Nos no por bai leu pasó bo no tin sapatu. Ban wak e kashunan di Shon Flora!"

"Nò yu! Kòrda rib'e kachó!" Djamal ta grita.

"No wòri sua ... mi tin e planiá kaba! Kue un bleki di sosèshi di ayera." Binchi ta bisa.

Djamal ta kue e bleki i ketu ketu nan ta slùip bai tras di kas di Shon Flora.

"Mi no ke Shon Flora wak mi!" Djamal ta bisa ku un stèm será i yen di miedu.

"Stòp di yora sua, bo ta mimu. E ta drumí! Ta bo mes a bisa mi!" Binchi ta rous e.

"Anto e kachó no ta bai blaf! Nos tin sosèshi p'e!" Binchi ta sigui bisa.

Binchi ta kuminsá hari, "Sosèshi pa kachó, ken por a pensa un kos asin'ei? Hende mes tin hamber anto kachó tin sosèshi." Ha, ha, ha, ha, e ta dal un gritu hari, pero lihé lihé e ta tapa su boka i hari chikí chikí. Ora nan yega patras di e kas, mesora e kachó ta bin gruña. Pero promé ku e blaf Binchi ta papia kuné i bis'é, "Robitu dushi, bo ke sosèshi?"

E ta trèk e lep di e bleki i habri e bleki i saka e sosèshinan.

Ku su wowo e ta bedei Djamal pa bula e kurá bai kue e kashunan.

Tanten e ta pasa e sosèshinan masha poko poko pa Robitu. Despues di sinku minüt nan ei, Binchi ta pasa man riba Robitu su kabes kaba, e tambe ta bula den kurá i tira palu pa Robitu kore kue. Asina Djamal ta kita yen kashu patras di e palu i e ta laga e kashunan dilanti kologá pa Shon Flora tambe haña.

Tras di kas nan ta haña un kòmchi di plèstik ku Shon Flora kisas ta usa pa laba paña i nan ta fi'é un ratu. Nan ta yena e kashunan aden i bula bèk patras di kas.

Robitu ta para zuai rabu kontentu!

Binchi ta tira su último palu pa e kore kue i ora e kore bai tras di e palu e muchanan ta kore bai.

Bèk bou di nan palu di tamarein nan ta sinta i kome kashu.

Kashu Sürnam! Dushi yu!

Nan ta kome nan barika yen.

Despues nan ta kore pia abou hunga 'polis-en-dif', pero semper ta Binchi so ke ta polis. E wega ta para bira un pleitamentu i nan ta disidí di hunga tapa kara. Despues di basta ratu ora a bira tardi kaba, nan ta bai wak si e kèts a seka, i asin'ei nan ta kana bai kas.

"Hòm, e kèts a stroba nos di bai vèlt wak kiko tin." Binchi ta bisa.

"Ami tin ku bai kas tòg bai wak mi rumannan, Boy tabata malu i ayera mi ruman muhénan a rabia ku mi kaba." Djamal ta bisa.

"Kansa hende! Bo rumannan semper tin kos di bisa." Binchi ta gruña.

"Pero nan ta kushina p'ami. Ban ku mi no ... nos por tira un wega di dominó pabou di kas." Djamal ta bisa.

"Nò yu, mi tin ku bai skibi e diktado ku yùfrou a bisa ei promé ku bira skur, pasó mi no ta kere nos tin mas bela." Binchi ta bisa.

"Awèl mi tin un idea, ban ku mi i nos ta hasié huntu i despues nos por hunga dominó." Djamal ta bolbe bisa.

KAPÍTULO 7

Kiko bo ke bira?

Huntu nan ta kana yega kas di Djamal i drenta paden.

"Bon tardi," tur dos ta bisa pareu.

Vidi ta hisa kara wak. "Kiko bo ta hasi akinan mucha?" E ta puntra Binchi ku mal airu.

"Nos ta bai traha tarea di skol!" Djamal ta bisa.

"Mama no a taha bo pa hunga ku Binchi?" Vidi ta bisa na bos duru.

Djamal ta wak abou. "Stòp di bisa e kosnan ei!" E ta bisa Vidi. "Mama di pa mi no hasi kos malu ku Binchi, pero nos no ta hasi malu, ta hùiswèrk nos ta bai traha!" Djamal ta bisa i ta kana bai den kushina.

Na e mesa chikí ku tres stul nan ta kai sinta.

Chichi ta drenta i bisa, "Mi a warda bo kuminda pa bo. E lo a fria, pasó bo no ta kana bin kas mesora despues di skol! Mala mucha! Mi no sa kua malu bo ta kana hasi, pero mi sa si ku bo kuenta no ta bon!"

"Ai nò yu! Bo tambe tin kos di bisa? Fada hende bo sa. Si mi bin kas, no ta bon, si mi no bin kas, tampoko no ta bon. Bo por sali laga nos traha nos tarea?" Djamal ta hopi fadá.

"Tarea? Ha! Mi kara lo bo kier men. Bo kuenta. Sigui i lo bo kaba manera Boy. Un figura bentá riba su kama yen yen di cheiba." Anto ku un zuai e ta pone e tayó riba mesa, "Ata bo kuminda!" Chichi ta skùif e tayó di Djamal su dilanti i tin un bola di funchi ariba. "Tin un tiki lechi ainda den frishidèr," e ta bisa.

For di den sala Vidi ta yam'é. "Chichiiii, novela! El a kuminsá!"

Chichi ta kore bai.

"Alivio!" Binchi ta bisa. "Mi no sa kon bo por. Dos di nan den bo kas! Ta kos di hasi hende loko."

Djamal ta baha kabes un tiki i ta bisa ku stèm chikí ..., wèl nan ta kushiná p'ami, ... i nan ta yuda mama limpia kas i laba paña."

"Si esei si ta bon," Binchi ta bisa i ta lur e bola di funchi.

Djamal ta lanta i fi'é e tayó di su mama. Esei tambe ta mal batí tur di dal, pero e tin flor kòrá ariba ku kasi a pèrdè koló, pero leu ayá ainda bo por wak e flornan. Mama gusta su tayó. E di e tin e fo'i dia e tabata chikí.

Djamal ta kòrta su bola di funchi na dos i ta keinta e lechi riba stof i basha lechi riba tur dos funchi.

Ora nan ta sinta kome, Djamal ta slùip bai wak e ruman muhénan den sala i ta bin bèk ketu ketu. E ta bai e kashi bou di stof i ta habri e saka e sak'i suku. Ku un kuchara grandi e ta skèp suku pa Binchi i pa e mes. E ta pone e saku bèk manera el a hañ'é!

Binchi ta hari chikí chikí i nan ta kome nan funchi ku lechi i suku. Dushi yu!

Ha ha, mara e ruman muhénan por sa!

Despues nan tin ku traha tarea.

Ni Binchi, ni Djamal no sa bon ta kon i Binchi ta pèrdè atenshon rápido.

E ta mira un bará di karta i ta sinta hunga kuné. Djamal ta traha tarea pa nan tur dos i asin'ei nan ta kla pa hunga dominó.

Ora Djamal su mama ta serka di bin kas Djamal ta manda Binchi kas. Pa evitá mas problema.

E no ta bai Boy su kamber pa e no mester bolbe haña trabou di hiba i trese nada pa Boy. Anto e no ke mira Boy malu tampoko. Pero e ta para pafó di e porta skucha wak si e ta tende algu. Pero ta ketu. Ni radio no ta toka. Boy lo ta flou ainda, manera Mama a bisa e lo ta.

Djamal ta bai drumi, pero no ta pega soño bon. Hopi kos ta keda pasa den su kabes. Ta kasi diesun or kaba i porta di su kamber ta habri poko poko. Djamal ta gaña soño, pero e ta sinti kon su mama ta bin den kamber i pasa man riba su kabes. Despues e ta tende leu ayá kon Mama ta murmurá un orashon.

"Kuida mi yu Señor, mi ta pidi Bo den nòmber di Hesus. Ward'é di malu di kaya, ward'é di droga, di alkohòl. Lag'é siña bon."

Djamal ta sinti un tiki awa kai riba su kara i e ta komprendé ku su mama ta yora. E tambe su wowonan ta yena ku awa, pero e ta keda ketu ketu pa Mama no sa ku e ta lantá.

Despues di e bishita di Mama, Djamal ta drumi hopi lihé i dushi. E ta lanta bon bon. Anto den kushina tin un sorpresa!

Mama a trese hopi kos ku a sobra na e fiesta ayera nochi. Tabatin pastechi, krokèt, webu yená, i 'bitterbal'. Mama i Djamal a fiesta na mesa mainta. Promé ku nan sali kas Mama ta hasi un orashon chikí.

Djamal ta baha kabes i keda ketu. Mama a bira ta insistí ku mester hasi orashon. Djamal no sa ta kiko e kos ei ta.

Huntu nan ta kana bai bòrchi i mama ta subi un bùs.

Djamal ta kore bai Binchi su kas i ta tira piedra pa lant'é. Pero pa su sorpresa Binchi ta sali kla kaba!

"Nos tin awa!" e ta bisa kontentu. Ayera nan a pone awa bèk pa nos. "Mi a baña kaba."

"Anto ami tin bon kos di kome!" Djamal ta grita. "Dia a kuminsá bon pa nos."

E ta saka un saku ku pastechi, krokèt i bala di keshi pa Binchi, nan ta kome i hari kana bai skol.

Na skol si yùfrou no ta masha kontentu. Binchi no por a kontestá niun pregunta di e lèsnan di ayera.

"Ta kiko boso ta hasi den klas antó? Binchi ta basta ku bo aktitut di hasi nada! Kiko bo ke bira ora bo bira grandi?" Yùfrou ta puntra ku wowo di span riba Binchi.

Binchi su boka ta kai habri ... "uh ... bira? ... mi no sa yùf. Mi no a pens'é nunka!"

"Mucha! Bo ta kere bo tin diesun aña sin pensa kiko bo ke bira? Ban mira, kai sinta antó nos tur ta bai papia di loke nos ke bira ora nos bira grandi." Yùfrou ta pone tur mucha sinta ketu ketu.

Ora lès kuminsá yùf ta skirbi algun fishi riba bòrchi ku e muchanan lo por bira ora nan bira grandi.

Panadero, karnisero, maestro, yùfrou di skol preparatorio, shofùr.

E ta puntra kiko kada funshon ta.

Muchanan ta hisa man ku smak.

"Panadero ta traha bolo yùfrou. Dushi! Ami ke bira panadero! Mi gusta bolo!" Andrew ta bisa.

Yùfrou ta hari, "Wèl, mi ta kere ora bo traha bolo pa bende bo mes no por kome, pero kisas lo tin pa pruf tambe."

"Dushi yu!" Tur mucha ta hari i papia.

"Karnisero ta kòrta karni. Mi gusta kome karni. Mi gusta pòrkchòp!" Un mucha muhé den klas ta grita.

"Ami gusta spereps." Otro ta grita.

"Ai nò, galiña ta dushi." Un di tres ta bisa.

Pero yùfrou ta bolbe kòrda nan ku un karnisero mes lo no kome karni henter dia. E tin ku kòrta i bende e karni.

"Eiiiiuuuu, hopi sanger!" Binchi ta bisa. "Ami ke kom'é so, no kòrt'é."

"Un maestro tin ku siña muchanan sòm, idioma i historia," yùfrou ta bisa.

Djamal su man tin gana di bai laira pa e bisa ku e tambe ke bira mener di skol. Pero e ta pensa ku si e mes no ta komprendé e lèsnan, kon e ta hasi splika otro mucha? Mihó e legumai e kos ei i pensa otro kos.

Yùfrou ta manda tur mucha kas mèrdia ku e tarea pa bin konta mañan den klas ki trabou nan mama i tata ta traha. Nan mester bai kas bai puntra nan mayornan.

Pa su siguiente dia ora Djamal a bai buska Binchi mainta ni maske kuantu piedra el a tira Binchi no a sali. Djamal no a riska drenta e kas pa a e no topa e rumannan hòmber.

Asina su so ta kana bai skol un pia un pia. Ta malu Binchi lo ta?

Na skol hopi mucha a konta di nan tata su trabou i un tata ku ta polis a bin skol bistí na unifòrm i a pasa bisa yùfrou bon dia i bisa e muchanan ku trabou di polis ta dushi.

Djamal no ke bira polis. Nò yu! Si mi bira polis mi tin ku kue tur hende sera. Mi ruman hòmber mes, mi bisiñanan, rumannan di Binchi i hopi hende ku mi konosé bon bon! Mihó e keda leu for di polis. Pero ora e polis a puntra ken ke bira polis anto tur mucha hòmber a hisa man, Djamal tambe a hisa man numa. Pa nan no sa kiko e ta pensa.

Mèrdia Djamal a kana su so bai kas. E ta blo wak su tras pasó Bertje i su brònan gusta molesti'é ora e ta su so. E no ta mira nan niun kaminda i e ta hala un rosea grandi, pero direpente Bertje ku tabata skondí tras di algun mata ta bula su dilanti i grita "Buuu". Djamal ta bula ariba i ta purba kore bai, pero Bertje su brò Roro ta tras di Djamal i tin algun amiga mas pará banda di nan ta hari.

Bertje ta ranka Djamal su tas di skol i ta skòp e bent'é un banda.

KAPÍTULO 8

Plaka Fásil

Djamal ta grita, "Laga mi na pas sua! Mi no a hasi bo nada tòg?"

"Laga mi na pas ... laga mi na pas" Bo ta meskos ku mucha muhé bo sa? Mimu. Bo no por ni bringa!" Bertje ta bisa. E ta saka un moketa i dal Djamal den lomba ora Djamal ke kana bai lag'e.

"Aiiiiiii, Djamal ta sak den otro i awa ta yena su wowo.

Tur e amigunan di Bertje ta hari.

Nan ta sigui skòp su tas.

Djamal a kai na su rudia di doló den su barika.

Bertje ta kana yega serka i ta bai dal e un bia mas ora nan tur ta tende Binchi bisa: "Dal e bo ta sa. Mi ta manda KillBoy pa bo meskos ku bia pasá!"

Promé ku e kaba di papia e gainan ta kore bai.

Binchi ta bisa, "lanta sua! Stòp di yora, hasi mimu. Bo mester a dal e un skòp."

Pero nan tur dos sa bon bon ku Djamal ta chikí i lo no por gana nunka.

Nan ta hisa pia kana drenta nan hanchi di tera.

"Binchi, kiko bo ta hasi akinan? Mi a kere bo ta malu pasó bo no a bai skol awe." Djamal ta puntra.

"Kèns bo ta sua? Bai konta yùfrou tokante di mi tata? Ta kiko lo mi mester bis'é? Ku mi no sa ken ta mi tata? Ku nunka mi no a mir'é? Ai nò yu, mi a drumi dushi!" Binchi ta bisa.

"Kiko bo a bisa yùfrou?" Binchi ta puntra.

"Ami a konta yùfrou ku mi mama ta traha dos trabou hopi dia pa siman. Antó bo sa? Johny su tata a bin skol. E ta un polis. El a puntra nos ken ke bira polis." Djamal ta bisa.

"Danki Dios mi no a bai!" Binchi ta grita. "Mi no ta kere ku polis ta laga niun hende bira polis ku nan mama mes ta será den piskalat! Ai nò yu, mi ta bon bon na kas."

"Pero kiko nos lo bira ora nos bira grandi antó?" Djamal ta puntra.

"Ami no sa kiko abo ke bira!" Binchi ta bisa. "Ami ta kere mi ta bai Hulanda."

"Bai Hulanda? Bai hasi kiko?" Djamal ta puntra?

Binchi ta bisa: "Mi no sa kiko ..., pero nan di gobièrnu di Hulanda ta duna hende yen sèn sin nan traha. Grátis."

"Loko bo ta sua?" Djamal ta hari! "No ta posibel tòg? Gobièrnu ta duna hende sèn pòrnada? Sin nan traha? Djamal ta hari duru i nan ta kore bai kas.

Nan ta tira nan tas na porta, grita bon tardi, kla pa kome i sali kore bai vèlt pa nan wak wega di bala. Ni Vidi ni Chichi no tabata na kas i kushina no tabatin kuminda. Nan a buska buska, pero nada pa nan kome. Den frishidèr nan a mira algun 'bitterbal' lorá den fòil i nan a kue nan kome friu mes. Nan a smak bon tòg!

Nan a tira e fòil den ko'i sushi i nan a sali kore bai vèlt.

Wega tabata dushi i nan no a ripará kon lat a bira.

Ora Djamal a yega kas, el a haña su mama sintá den balkon ta ward'é!

"Djamal bin tende aki! Kiko mi a bisa bo di kana lat anochi riba kaya? Ora bo sali skol bo mester ta na kas! No riba kaya te mardugá! Antó ku ken bo tabata? Mama ta puntra strèn.

"Ami ku Binchi a bai wak wega na vèlt mama," e ta bisa ku stèm chikí.

"Binchi? Yu di e malora Yvet ei? Mi a taha bo di e hendenan ei. Tur a drenta prizòn sali yen di bia. Ta Binchi so no ainda, pasó e ta chikí, pero mi no ta spera masha p'e! Mi kier sa Yvet ta será atrobe! Pa mesun ko'i lokonan. Bende droga. Ata ami ta traha kria bosnan tur kuater aki den? Dikon e no por? Ko'i floho e kosnan ei ta. Plaka fásil nan gusta! Mi no ke bo ta amigu ku nan!" Mama ta skèrpi!

"Mama, no bisa asin'ei. Ta Binchi ta yuda mi na skol ora e gai grandinan ke abusá di mi." Djamal ta bisa.

Mama ta keda ketu, pero ta kana bai ku un kara será. Poko poko e ta murmurá, "Ai mi Dios, ki dia e kosnan akí ta kaba?"

Djaluna mainta Binchi i Djamal ta yega skol trempan. No sa sosodé mashá, pero Binchi a bin buska Djamal e dia ei. Parse ku algu a pasa na su kas i e no por a keda kas. E no kier a papia tokante di e kos ku a pasa, pero Djamal ta mira ku e ta rabiá. Pa kolmo su pañanan di skol ta tur machiká manera ta for di djabièrnè el a drumi den nan. Porta masha bon, pasó Djamal no a mira Binchi den henter wikènt. Mama a pone Djamal keda paden djasabra i limpia kas i chapi kurá. Tambe mama a pone Djamal bai misa kuné. Mama a kuminsá ta bai misa mashá awor. Tur siman e ta bai i ta obligá tur mucha bai kuné. Chichi i Vidi tambe tin ku bai. Ta Boy so ta skapa, pasó e ta asina burachi òf haltu di droga ku mama no ke kana kuné tòg. Misa tabata dushi tòg pasó, nan a haña chukulati kayente despues. Un señora a duna Djamal un mangel tambe.

Ora nan a yega kas mama a haña ku tur mucha mester keda paden i sinta patras den balkon papia, kome i dobla paña ku el a laba. P'esei Djamal su unifòrm ta limpi limpi, pero di Binchi si no ta un bista.

'Duna mi bo kamisa, Djamal ta bisa Binchi. Mi ta fiá bo un limpi.

E ta tuma e sushi i fia Binchi un limpi. E ta un tiki pèrtá si pa Binchi, pero mihó ku esun sushi. Lihé Djamal ta bai pidi Chichi pa lab'é p'e. E no ta bisa ku ta di Binchi, pasó e sa ku Chichi lo no lab'é pa Binchi.

Nan ta yega skol trempan.

"Mi tin hamber!" Binchi ta bisa.

"Ai, bo no a kome ainda no?" Djamal ta bisa. Mi a lubidá di wak un kos di kome na kas awe pa bo. Mi mama a duna mi papa awe. No tabatin masha kos.

Nèt nan ta kana pasa Edwin. "Eddie!" Binchi ta puntr'é: "Kiko bo a trese skol awe pa kome?"

"Pan ku ham," Edwin ta bisa kara harí.

"Laga mi wak e," Binchi ta bisa.

"Edwin ta saka e pan i mustra Binchi. Binchi ta saka su man i tuma e pan i komé.

"Nòòòò," Edwin ta grita. "Ta mi pan. Mi ta bisa yùfrou riba bo."

"Bis'é pa bo sa kiko ta pasa ku bo," Binchi ta gruña ku kara será i wowo di kandela.

Edwin ta primi su lep riba otro lihé lihé i keda para wak ku awa na wowo kon Binchi ta kome su pan su dilanti.

KAPÍTULO 9

Hamber

Djamal ta hala Binchi un banda i bisa, "Ai nò sua, awor Edwin ta keda ku hamber i su mama lo bin reklamá yùfrou sigur!"

Mesora Binchi ta bai bèk serka Edwin ku ainda ta para wak nan.

"Stòp di yora Edwin, un bes ei ta mèrdia i bo mama ta duna bo kuminda atrobe. No ta tur dia e ta duna bo kuminda?" E ta puntra Edwin.

"Si, tur dia", Edwin ta bisa ku stèm chikí.

"Awèl! Stòp di nèk, yora, yora pa mi no bati bo pafó di skol. Anto si bo bai bisa bo mama riba

mi, lo bo sa! Mihó bo keda ketu, si bo ke tin bida aki na skol!" E ta atvertí ku forsa.

E ta pusha Edwin un banda i kana pasa.

Djamal ta bai serka Edwin i ta purba klòp Edwin riba su lomba.

Pero Binchi ta bira wak e ku mal wowo. "Ban sua! No para mèlè ku e mucha chikí ei."

Nan ta bai klas i yùfrou ta splika tokante di historia di Kòrsou. Nan ta papia tokante di katibu i shonnan di ántes.

Ora yùfrou duna nan un papel pa yena, Djamal ta yena e lès fásil. Ora e kaba e ta hisa kara i lihé lihé Binchi ta push'é ku su papel blo bashí.

Tur sodá, i un tiki temblá Djamal ta yena e papel di Binchi tambe. Yùfrou no ta ripará i tur kos ta bai bon. Pa e dia ei.

Su siguiente dia, yùfrou ta yama tur dos mucha den klas ora di pousa. E ta pone e papel di Binchi i Djamal banda di otro i ta puntra, "Ken tin un kos di bisa mi?"

Tur dos mucha hòmber ta baha kabes.

Nan ta keda ketu.

Binchi ta hisa skouder.

Djamal su wowonan ta yen di awa.

Yùfrou ta keda ketu.

Despues di basta ratu e kabes di skol ta kana drenta.

"Un di bosnan a traha tur dos e papelnan akí. Ta ken?"

Niun hende no ta kontestá i mener ta bisa: "OK, e ora ei bosnan tur dos ta risibí un "1"

Antó mi ta bai manda yama boso mama. Bin skol ku bo mama mañan òf bo no ta drenta skol!"

Binchi ta hisa wowo grandi wak mener i baha kabes mes ora bèk.

Djamal ta kuminsá yora mes mes. Awor si el a kue awa.

Mener ta laga nan bai.

Den kurá di skol Binchi ta dal Djamal un moketa den su brasa. "Stòp di yora sua."

"Auuu, no dal mi!" Djamal ta grita.

Nan ta kai sinta riba dos piedra pariba di klas i niun di dos no ta bisa nada.

Ora bèl bati djis un ratu despues nan ta bai bèk den klas.

Djamal ta keda wak oloshi pa bèl por bati pa kaba. I porfin ta ora di bai kas.

Binchi no ta bin mes ora i Djamal ta keda para pafó di skol warda Binchi i despues nan ta kana poko poko bai den nan hanchi bai sinta riba nan piedranan. Hamber i set ta dal nan. Djamal

ta kita su kamisa di skol i dobl'é hinka den su tas. Pa e keda limpi pa mañan. Binchi tambe ta hasié numa, pero sin smak.

Despues Binchi ta bai buska den e yerbanan altu nan. E ta saka e otro bleki di sosèshi ku nan tabatin skondí einan. "Ban wak mas kashu," e ta bisa i Djamal ta kontentu ku Binchi ta papia atrobe i ta lanta kore bai aunke e no gusta kue kos di Shon Flora.

Robitu ta kontentu, asta promé ku e sosèshi, pero ku e sosèshi e ta laga e muchanan drenta sin niun problema. Nan ta kue henter e kòmchi yen di kashu. Riba dje, Binchi ta wak un hèmber i yena esei tambe ku kashu.

"Binchi, kiko bo ta hasi? Asina no ta sobra nada pa Shon Flora." Djamal ta bisa ketu ketu.

"Sera bo boka bo piki kashu sua. Hasi lihé." Binchi ta gruña bon rabia i Djamal ta keda ketu numa.

Nan ta yena dos hèmber ku kashu i e palu ta keda blo bashí.

"Pober Shon Flora," Djamal ta pensa.

Nan ta kana ku e hèmbernan pisá. Binchi ta kòrta kaminda den mondi i nan ta sali den a kaya grandi i bai e tienda einan. "Para tras di e outo aki warda mi," Binchi ta bisa. E ta kana drenta den e tienda trankil trankil, pero djis un ratu despues e ta sali na kareda ku un paki di saku di plèstik den su man. "Bùk! Skonde!" E ta bisa i nan tur dos ta bùk tras di e outo pretu, nèt na tempu pa e doño di e tienda no mira nan.

Binchi ta hari i ta kuminsá yena e kashunan den e sakunan. Ora nan tur ta kla e ta pone nan den e hèmbernan bèk i nan ta kana bai parada di bùs. Nan ta para warda einan i manera hende yega nan ta ofresé un saku di kashu pa dos florin.

Masha lihé nan a bende mayoria di e sakunan.

E mener ku a kumpra e mangonan serka nan ta kana yega i ta tuma e último tres sakunan di kashu. "E mangonan tabata bon! E ta bisa harí. No tin mas?"

"Awe ta kashu," Binchi ta bisa. "Nan ta mesun bon, purba nan bo ta sa." Binchi ta hari.

"Ta hòfi mes bosnan tin anto?" E mener ta puntra.

Pero Binchi no ta kontest'é. E ta bisa, "Si mas mango hecha mi ta trese pa bo! Einan bo ta traha tòg?" e ta puntra anto ku su kachete e ta punta na e edifisio dilanti.

"Si, einan mi ta. Puntra pa Marlon i mi ta tuma nan serka bo. Danki." E mener ta bisa.

Ora nan kita bai Binchi ta konta nan sèn.

"Nos tin 22 florin. Bo ta ban kome pia di galiña i batata?" Binchi ta bisa bulando den laria. Djente afó.

Djamal su boka ta kore awa. "Si sua," e ta grita.

Huntu nan ta kana den kaya i keda wak rònt pa un hende ku nan konosé, pa nan haña un kabes di boto bai Punda.

KAPÍTULO 10

Mama Mester Bai Skol

Despues di basta ratu un bròder di Boy ta mira nan i ta stòp pa nan. Kontentu nan ta bai Punda sin bisa e brò ku nan tin sèn! Nan sa bon bon kiko lo pasa si e haña sa. Den Punda nan ta kana bai kome. Nan ta kumpra galiña, pan, batata, mayonès, limonada i ta sinta dèftu na mesa i kome tur kos. Nan ta lembe dede.

Despues nan ta bai para warda bùs. Ora nan mira un shofùr ta bai sali ku lugá den e bùs, Binchi ta bula dilanti i bisa e shofùr, "Nos mama no tabata tin sèn awe pa nos bai kas despues di skol. Mener, nos por bai te saliña so? Nos ta kana sobrá bai paden."

E mener ku ta tene duele di nan, ta laga nan dos pèrs huntu i asina nan ta kore bai te saliña. Binchi ta bisa danki masha desente i Djamal tambe ta laga sa kon agradesido e ta. Manera e bùs kita fo'i bista nan ta 'high-five' otro i hari te lora abou.

"Binchi, bo si sa gaña, bo sa!" Djamal ta bisa.

"Danki Dios pa mi ku bo ta kome!" Binchi ta bisa i nan dos ta kana bai kas.

Na kas ta ketu. E ruman muhénan ta na bisiña sintá ta hasi otro su kabei. Djaleu Djamal ta mira nan, pero e no ta bai einan.

Chichi ta kore bin i bis'é, "Tin papa pa bo riba stof. Bo por pone un tiki suku ariba."

Djamal ta bai keinta su papa, pero e stof di kerosin no tabatin kerosin aden. E ta sakudié i sakudié, pero nada. E ta wak e bleki di kerosin abou poné, pero e tin miedu di yen'é pasó Mama lo rabia sigur. Ta un kos peligroso ku mama i e ruman muhénan so ta hasi.

E ta pruf e papa friu i e no ta smak dje bon ei, p'esei Djamal ta haña ku ta mas ku klaro ku e tin mag di pone tres kuchara grandi di suku ariba.

E ta bai den kas i ta sende televishon. Ya komo ku su rumannan no tei, e mes por skohe kiko e ta wak i mesora e ta pone wega di bala pe wak.

Su mama ta kana yega i nan ta sinta wak wega huntu. Mama a trese algun kos di kome, pero e ta bisa pa laga nan pa mainta pasó, no tin pan pa mainta.

E ora ei Djamal ta kòrda atrobe riba loke mener a bisa. Su stèm ta tembla ora e bisa su mama ku e mester bai skol kuné.

"Djamal, Djamal, bo ta mira Boy? Asin'aki el a kuminsá. Anto wak e awor, bentá den e kamber ei ta droga henter dia. Ta asin'ei bo ke kaba? Mi ta manda bo skol pa bo siña. Mi ta pensa ku bo mes por bira un mener di skol òf un polis, ... pa bo yuda mi ora mi ta bieu." Mama su kara ta lombra ora e pensa riba Djamal komo mener di skol òf polis, pero Djamal mes ta baha kabes.

"Mi no por bai skol ku bo." Mama ta bisa.

"Pero Mama, mener di si Mama no bin, e no ta laga mi drenta." Djamal ta bisa wowo di span.

"Mi ta manda Vidi." Mama ta bisa. "Pasó si mi no bai trabou mi no ta haña sèn." E ta sigui bisa.

Djamal tin mas miedu ainda. Lo no ta fásil pa splika Mama kon nan a spik na skol, pero pa splika Vidi lo ta malu mes mes. E lo no keda trankil manera mama. E lo mester prepará pa un tiki sla mañan.

Djamal ta bai drumi yen di miedu. E ta asta hasi un di e orashonnan ku Mama sa hasi. Mainta e ta lanta trempan, bisti unifòrm limpi i sinta den kushina.

Mama ta dun'é te ku suku i tabatin algun pida bolo ku mama a sobra di su fiesta i Djamal a kome nan boka ketu.

"Bo ta nèrvioso Djamal," Mama ta bis'é.

"Ta pasó e sa kua malu el a hasi," Vidi ta bisa chèrchá, ora e kana drenta kushina.

"Bo por stòp!" Djamal ta grit'é.

"Djamal no papia asin'ei ku bo ruman muhé. Vidi no tenta e mucha. Algu mester a pasa pa mener manda yama mi. Djamal bo a bringa?" Mama ta puntra.

"No Mama, mi no sa bringa na skol." Djamal ta bisa.

"Bo a hòrta?" Mama ta sigui puntra.

"NÒ! Djamal ta grita! Mi no sa hòrta." Pero mes ora e ta kòrda tur e sukunan di Vidi ku e ta kue anto e ta baha kabes.

"Ha, hah, el a hòrta!" Vidi ta hari.

"Vidi, mi no ta kere Djamal sa hòrta. Stòp di tenta e mucha. E ta bai bira algu grandi den e mundu akí. Mi no ta pèrdè e yu akí na droga ni na alkohòl! P'esei mi ta traha pa bosnan wak e bon pa mi, pa e bai bon na skol!"

Awor ta Vidi su turno di keda ketu pasó e sa bon bon ku e no ta ni wak Djamal.

Ketu ketu Djamal ta kana banda di Vidi bai skol. E tin e kamisa limpi di Binchi den su tas, pero e sa ku e no por pidi Vidi pasa na Binchi su kas, pasó e lo no hasié.

Na skol nan ta drenta serka mener i mener ta mustra Vidi e dos papelnan. E no ta puntra mes si ta mama òf ruman.

Vidi ta tira un bista riba nan i ta bisa mesora, "ta Djamal a skirbi nan. Mi konosé su 'handschrift'."

"Mi sa si," mener ta bisa. Djamal ta bon studiante i ta e lo a duna e bon kontestanan akí, pero e no por yuda su amigunan asin'aki. Esei ta kontra di lei di skol i si e sosodé un bia mas lo mi mester skòrs e for di skol pa tres dia."

Djamal su kurason ta bati bum bum bum te den su garganta.

Ora nan sali pafó, Vidi ta kue su orea i drai e skèrpi i hasi Djamal doló.

Pero e no ta bisa nada i ta kana bai kas lagando Djamal na skol.

Djamal a keda ketu su so. Binchi no a bin skol i a bira laf paden.

Mèrdia Djamal ta kana poko poko bai nan hanchi i e ta kai sinta su so riba su piedra.

Direpente e ta tende "Hushi! i un spiritu malu ta bula riba dje.

Djamal ta grita!

E ta tende harimentu i e "spiritu" ta kita e saku di sushi for di su kabes i ta hari te lora abou ora e mira Djamal su kara tur spantá!

"Ta mi, sua, mi no sa dikon bo ta mimu asin'ei." Binchi ta bisa.

Djamal ainda ta hala rosea un tiki lihé. Pero e ta kontentu di mira Binchi. Su dia a drecha. "Unda bo a keda sua?" e ta puntra.

"Ai, mi no ta kere mi ta bai skol mas." Binchi ta bisa. Mi mama lo no sali lihé for di pariba anto mi no sa ken por bai skol ku mi, anto tòg mi sa ku ta mi a hasi malu. Mi ta kere mi ta bai buska trabou.

"Trabou? Bo kabes ta bon? Ta diesun aña bo tin!" Djamal su stèm ta zona spantá i un tiki skèrpi.

"Stòp di papia ko'i loko sua. Mi tin kasi diesdos anto mi parse dieskuater. Mi ta haña ko'i hasi sigur. Asina mi tin sèn i nos tin kos di kome." Binchi ta argumentá su kaso.

"Ahan, wak kiko mi a warda p'abo aki," Djamal ta habri un saku chikí i duna Binchi bolo di kashupete.

"Hmmm dushi yu! Bo mama su trabou ta master! Tur dia boso tin kos dushi." Binchi ta bisa i lembe boka.

"Si danki Dios, pasó no ta tur dia nos tin kuminda." Djamal ta bisa, "Pero nunka nos no tin hamber pasó semper tin algu."

"Mi a pasa mira mas mango na Shon Flora su kas," Binchi ta bisa.

Pero Djamal no ke mas. "Nò!" e ta bisa fuerte. "Mi no ta hòrta mas di Shon Flora. E mes tambe mester por kome algun kos di su kurá."

Binchi ta keda ketu i ta bisa, "ban wak kon nos por haña kos di kome anto. Mi tin hamber."

Nan ta kana rònt den bario di kaya pa kaya. Nan ta kumindá yen konosí i bisiña masha respetuoso.

Direpente nan ta mira un outo porta habrí para dilanti di un kas den un hanchi smal.

Ora nan kana pasa Binchi ta tira un bista paden. E yabi ta den e outo i e outo ta sendé. Un hende lo a lubidá algu i lo a kore bai paden.

Binchi ta bùk hinka su mitar kurpa den e outo i fula den a baki chikí bou di radio. Sèn lòs ta zona i e ta kue nan.

Ora e sali para pafó e ta kana bai i Djamal ta siguié. Ora nan lora bògt nan ta wak kiko Binchi tin i ta un papel di 10 florin i diferente moneda di 5 florin, algun florin i algun dies plaka.

"Yes!" Binchi ta grita. "Ban Chines," i e ta saka un kareda kore bai.

Djamal ta su tras. Den su rabu di wowo e ta mira e Kia pretu kore pasa bai. E mener no a ni ripará ku nan a bai den su outo i kue su sèn.

"Binchi! No por! Si e mucha hòmber lo a mira bo awor? I kore nos tras? I bisa mi mama? Bo no por hasi e kosnan ei!" Djamal ta grita.

Pero Binchi ta hari. "Stòp di hasi drùk sua! Bo ke kome?"

Nan ta yega na e restorant pa kumpra kuminda di chines i Binchi ta saka su sèn pone na grandi riba e tonbank i bisa, "Chino, duna mi dos saté ku batata ku hopi sous."

Asina nan ta kai sinta riba e rant abou i ta kome nan kuminda i lab'é ku limonada. Bon yu!

"Mi tin ku bai kas trempan," Djamal ta bisa. "Mi a priminti Mama ku mi ta bin kas i hasi hùiswèrk pasó Vidi mester a bai skol awe pa mi. Mama no ta kontentu, E di si mi sigui riba kaya asin'aki e ta kohe mi manda mi pa mi wela na

Montaña. Einan si ta laf laf mes." Djamal ta rel.

"Bon, bai kas numa," Binchi ta bisa. "Mi ta bai vèlt mi so numa."

Esta laf no, ... Djamal ta kana kabes abou.

"Binchi! Mi mester tuma e unifòrm bèk! Promé ku Chichi ripará ku falta un." E ta bisa hanshá.

"Laga nos pasa kas kue anto," Binchi ta bisa.

Anto nan ta kana yega Binchi su kas. Poko poko Binchi ta slùip drenta e kas. Ku dede na su lepnan e ta indiká Djamal pa hasi ketu. E ta krusa e pida sala i komedor chikí, skur skur yen di potoshi pone tur kaminda. Un stul kibrá ta poné na e mesa ku tambe ta skùin. Riba e mesa tin yen saku di plèstik i spil i algun blet.

Djamal ta keda wak, pero Binchi ta bis'é, "No mishi!"

Anto lihé lihé e ta trèk Djamal den un kuartito. No tin bentana i paden ta skur. Tin un kama primí na e banda di e kamber. Den un bònder grandi den huki, Binchi ta kuminsá koba i saka e kamisa. E ta tene e kamisa na laira i hari. "At'e aki! Mi a hañ'é!"

27

KAPÍTULO 11

Hamber

Nèt nan ta bai sali for di e kamber ku nan ta tende stèm den sala.

Algun bos ròf ta papia ku otro i zonido di kosnan ku ta move.

Un radio ta kuminsá toka 'robedoes' duru.

Ya komo ku e palunan klabá ta laga basta espasio habrí, Binchi i Djamal por lur den sala. Nan no por sali sino e mucha hòmbernan lo mira nan.

"Kiko nan ta hasi? Fiesta?" Djamal ta flùister.

"No sua! Kon bo ta kèns asin'ei? Awor nan ta bai kòrta e kos i traha paki." Binchi ta bisa.

"Kòrta kiko?" Djamal ta puntra.

"Agt, chiu! Mi no sa dikon mi ta kana ku bo, bo sa? Bo ta atrasá!" Binchi ta snou e i Djamal ta keda strañá.

Ainda e no ta komprendé.

E ta keda wak dor di e skref i ta mira kuater hòmber kabes abou na e mesa. Nan ta usa un blet pa bati riba e spil kaminda tin un produkto manera un puiru blanku bashá.

"Droga," Binchi ta 'flùister'. "Nan ta kòrta e droga hasié fini i hink'é den paki di sinku i dies pa nan bend'é."

"Droga?!!" Awor si Djamal su wowonan ta kasi bula afó di su kara. "Mama ta mata mi, ..." E tin ku tene na e porta di kamber pa e no kai.

"Para stret sua! I yuda mi wak kon nos por sali akifó promé ku nan mira nos. Nan lo mata nos, mas sigur ku bo mama! Wak Fifi su saku ei." Anto Binchi ta mustra ku su dede riba e mucha hòmber sinta riba un hèmber boka abou.

Bèrdat, awor ku Djamal paga tinu e ta mira e pistol kologá na e karson di Fifi. Sodó friu ta kuminsá basha fo'i su kabes. E ta kuminsá hala rosea pisá. Su pianan ta tembla.

Binchi a bai na e palunan klabá na e bentana i ta skùif un ku ta lòs. E ta krea un buraku basta grandi i e ta subi bula for di e bentana.

Djamal ainda ta paden pará ta tembla.

"Pssst! Bin Djamal! Hasi lihé sua! Bo kabes ta bon!? Kue e kamisa bo bula!"

Lihé lihé Djamal ta hasi loke Binchi a mand'é i nan ta kana bai kas di Djamal.

Na kaminda nan no ta papia hopi. Djamal no tin palabra pa e puntra ni bisa nada i e kara di Binchi ta hostiná! Ora e yega su kas e ta bisa Binchi pa drenta pasó Binchi lo no por bai kas tòg ainda.

Den kas ta ketu. Chichi so tei anto e ta limpiando den su kamber. Holó di cheiba ta dal nan i asin'ei nan sa ku Boy tambe tei patras den su kamber. Vidi a bai tienda bin.

"Tin funchi ku suku pa bo, Chichi ta grit'é. No pone hopi suku, pasó Vidi di ku bo ta hòrta suku." Chichi ta bisa.

"Dia mi bira grandi mi ta kumpra kuantu suku ku mi ke," Djamal ta bisa Binchi i e ta parti e funchi ku suku kuné. Nan dos ta sinta lembe boka manera masha dia nan no a kome, pero tantu Djamal komo Binchi semper tin hamber! Nunka nan barika no ta yena.

Despues nan ta puntra Chichi pa nan wak wega di bala na televishon i nan ta sinta hari i papia te ora Vidi bin kas.

E ta trose Binchi un wowo malu i ta manda Djamal bai traha hùiswèrk mes ora. Binchi ta bai kas numa.

Asina for di e dia ei, Binchi a stòp di bai skol i mainta ta Djamal so ta kana bai.

Hopi bia Vidi òf Chichi ta kana hib'é te skol. Anto mèrdia nan ta para na porta di skol. Asina ku Djamal no por bai bou palu di tamarein pa topa Binchi tampoko.

Pero el a kuminsá bira sabí. Despues di tempu e ta slùip sali skol di patras i kore duru bai den su kaya di kabritu. E ta kai sinta riba e piedra i wak rònt. E ta pone bon atenshon riba e yerbanan altu i danki Dios e ta hasi esaki, pasó den un minüt e ta mira e yerba move i Binchi a sali afó tur na djente!

"Ha, ha, ha, mi tabata bai spanta bo, pero bo a bira sabí", Binchi ta hari.

Djamal tambe ta hari. "Awa no ta muha makaku dos bia." E ta bisa kontentu.

"Ahan! Bo ta aseptá anto ku bo ta un makaku!" Binchi ta tenta i ta kuminsá bula rònt manera ta un makaku e ta i ta grawatá su mes manera makaku.

Tur dos ta hari te yora.

"Mi a trese un 'bitterbal' pa bo i un pastechi." Djamal ta bisa.

"Dushi hòm!" anto Binchi ta kom'é den un fregá di wowo.

"Kiko bo ta hasi mainta awor ku bo no ta bai skol?" Djamal ta puntra. E ta un tiki envidioso si, pasó Binchi no tin nodi lanta trempan mas, ni traha hùiswèrk.

"Nada sua. Mi a drumi, lanta lat i kana bin akinan. Ta kuminda mi ta pensando riba dje. Mi tin hamber. Pero bon notisia! Nos tin koriente!" Binchi ta bisa. Mi mama ta bai sali prizòn i mi ruman a pone koriente i el a kumpra bleki saldinchi, tuna i algun kos mas. Pero el a primintí di dal mi ku bate di beisbòl si mi kome nan." Binchi ta sakudí su kabes i grawatá su kabei. "Anto mi tin hamber."

"Mi por bai kas wak kiko tin," Djamal ta bisa. "Anto mi ta sali di patras i nos ta partié."

"Oké, ban!" Binchi a bula lanta kaba.

Ora nan yega kas, Djamal ta drenta di dilanti i Binchi ta bai sinta riba algun piedra patras di kas.

Pero Djamal a lubidá ku el a kore bai laga su ruman i e mester a soportá e furia di Chichi.

Manera e drenta kas, un sla ta kai riba su kabes. E ta bula ariba. E no a pensa esei.

"Mi a para warda bo den solo kayente i bo a sali sin pasa mi dilanti! Unda bo a bai? Masha ora mi a yega i awor numa bo ta yega." Chichi ta tur sodá i hostiná.

"Djis pasó bo a pèrdè bo novela bo no tin ku dal mi!" Djamal ta bis'é fresku. "Bo mester a habri bo wowo mas mihó wak. Mi tabata na skol i mi no a mira bo! Kasi sigur bo a para papia ku mucha hòmber! Mi ta bisa mama riba bo!" e ta sigui bisa.

Chichi ta keda ketu un tiki, pasó bèrdat el a para hari i kombersá ku un ruman hòmber di un di e muchanan di skol, pero tòg ta straño ku e no a mira Djamal sali.

Den kushina tin un sorpresa. Tin funchi hasá! Un monton! Lihé lihé Djamal ta hinka funchi den su sakunan i e ta kue un tayó ku hopi riba dje pa e kome. E ta bai pafó di kas i bula muraya di patras. Einan e ku Binchi ta kome tur e funchinan hasá.

Kontentu nan ta lembe nan dedenan, ora Djamal tende Chichi ta grita su nòmber.

Manera un welek e ta bula waya bèk i ta bai tende.

Atardi ora mama bin kas tin un mas sorpresa. Mama ta baña bisti i bisa Djamal pa baña bisti e tambe. Nan ta bai Shon Flora. Djamal ta kana banda di mama yen miedu. Kiko awor? Shon Flora a haña sa ku nan a hòrta tur su frutanan?

Ora nan yega einan, Shon Flora ta laga nan sinta den sala dèftu i ta basha limonada pa nan den glas nèchi yen di eis. Djamal ta lubidá su nèrvio i ta gosa di su trit ònferwagt.

Mama i Shon Flora ta kombersá ameno.

Shon Flora ta habri un paki buskuchi di kòfi i ta ofresé Djamal un.

Kiko? Master yu! Asin'aki si ta bon pa kompañá Mama pa bishitá Shon Flora.

Djamal ta lembe su buskuchi chikí chikí i ta pensa leu. E no ta paga tinu mes kiko e hende grandinan ta papia te ora e tende su nòmber kai.

Shon Flora ta papia di dje.

"Mi ta kere e mester ta den un tim di hunga futbòl," e ta bisa. "Si e ke bai vèlt bai wak bala tantu asina, lag'e hunga bala anto no. Mi kier sa ta tres bia pa siman nan ta trein i esei lo lag'é keda drùk sigur."

Mama ta wak un tiki dudá. "Mi no sa si por Shon Flora. Nan lo tum'é? Anto kuantu nan ta kobra? Anto no mester di un sapatu spesial pa hunga bala?"

"Mi ta papia ku Fred pa bo. Di misa nan tin un tim di futbòl pa mucha hòmber. Mi tin sigur ku nan lo ke yuda. Tòg bo tambe ta bai orashon awor ku nos."

"Bo ta kere?" Mama ta pasa man na su kachete.

Djamal ta bula lanta i lubidá ku e mester hasi desente i keda ketu ora hende grandi ta papia.

E ta bisa, "Shon Flora, ami lo por hunga bala mi mes? Mi por tin un sapatu spesial pa hunga futbòl? I unifòrm? Mi ke, mi ke!" E ta bisa tur harí.

KAPÍTULO 12

Coach Fred

Asta mama mester hari i nan ta palabrá ku Shon Flora lo papia ku e coach Fred i wak.

Djamal tin un tiki bèrgwensa kon e ku Binchi a hòrta Shon Flora i awor e mes ke bai buska un klup di futbòl p'e. P'esei e ta bisa: "Shon Flora, mi por pone ko'i sushi afó? I mi por bari e kurá tanten tambe."

"Esta bon mucha hòmber no!" Shon Flora ta smail.

Anto Djamal ta bai pafó i limpia. Ora e bin paden bèk, tur sodá, Shon Flora ta bolbe dun'é mas limonada.

E ta puntr'é, "Djamal dikon bo ta gusta kana riba kaya? Bo mama ta bisa mi ku e ta preokupá ku bo. Bo ta kana den mal kompania, bo ta yega kas lat tur dia i bo mener a yama bo mama. Kiko ta pasando?"

Djamal ta baha kabes. "Gewon mi ta keda hunga riba kaya," e ta bisa ku stèm chikí. "Skòp bleki, tira piedra i papia ku mi amigunan."

Shon Flora ta bisa: "Bo sa si tòg Djamal, ku tin mucha ku ta amigu, pero nan por siña bo hasi malu òf konta bo kos malu òf asta laga bo bira kómplise den nan maldatnan?"

Djamal ta bira blek blek pasó e sa bon bon. E ta kòrda e kuater mucha hòmbernan ku arma den kas di Binchi.

Shon Flora ta pidi Djamal si e por hasi orashon p'e. E ta pidi Dios pa Djamal por krese i keda leu for di droga, alkohòl i mal kompania. Djamal ta sakudí kabes ku "si" numa, pero eigenlijk e no ke niun hende hasi orashon p'e. E no sa mes si e ta kere den Dios. Ta un kos nobo ku Mama ta bai grupo di dama pa hasi orashon.

Shon Flora ta resa: "Tata Santu den shelu, mi ke pidi Bo pa Djamal. E ta hóben ku hopi potensial, pero e ta na peliger. E ta subiendo un mal kaminda i su mama ta preokupá. Mi Dios mi ke pidi Bo pa kuida Djamal pa e no subi e mal kaminda i pa e no kai den tentashon. Yud'é pa e siña bon i saka kara di su mama. Den nòmber di Hesus. Amèn."

Ku un kara aliviá Mama ta tuma despedida i ta bai kas bèk ku Djamal.

Asta Djamal ta sintié bon. No ta hopi bia e ta papia ku hende ku tin atenshon p'e i ku ta asta hasi orashon p'e. Aunke Djamal no ta komprendé henter e kos di hasi orashon ei. Hopi hende ta bisa ku orashon ta ko'i loko. Tòg hopi hende ta bai hasi orashon tur siman. Djamal ta grawatá su kabes un tiki. E no sa mas. Pero tòg el a sinti bon ku tin hende a tuma tempu sinta papia kuné. Anto pa un ratu asta e no a ni kòrda riba Binchi.

Kontentu tur hende a bai drumi.

Pa algun dia Djamal no ta mira Binchi. Mama mes ta bin busk'é na skol.

Pero pa fin di siman Mama mester bai traha su trabou di atardi tambe pasó ta asin'ei e ta haña su sèn. E ta laga Chichi buska Djamal, pero mes ora Djamal ta slùip Chichi i kore bai wak Binchi.

E no ta riska drenta e kas, pero e ta tira piedra poko poko na e bentana. Nada!

Kabes abou e ta kana bai kas numa. Ora e yega kas e ta promé ku Chichi ku sigur ainda ta para na porta di skol. E ta wak den kushina i e ta topa pampuna herebé ku manteka i tuna. Dushi yu! E ta saboriá.

Ora e kaba di kome, Chichi ta bin kas bon fadá. E no ta bisa nada, pero ta keda dal porta di kamber i skùif stul masha duru.

Djamal ta hasi su hùiswèrk.

Atardi e ta bula kurá parti patras i bolbe kore bai wak Binchi. E no ta mira nada. Ora e yega kas e ta yega pareu ku Shon Flora ku a pasa pa bis'é ku e mester bai kuné serka mener Fred na e vèlt tras di misa.

Purá Chichi ta sali i nan tur ta drenta outo ku Shon Flora. Nan ta kore den outo ku èrko! Djamal kasi nunka a kore den outo ku èrko. E ta laga e airu friu dal e dushi. Masha lihé nan ta yega serka coach Fred. Tur hende ta sinta papia.

"Kon yama bo?" Coach Fred ta puntra.

Djamal ta hisa kara wak Fred. Fred ta grandi i ku forsa. Djamal no konosé hòmber grandi asin'ei.

Boy ta flaku i semper drumí riba su kama. Na skol ta yùfrou so tin anto e ruman hòmbernan di Binchi ta largu i delegá, pero no formal asin'ei. Coach Fred parse un hende di televishon òf di un kantor dèftu den Punda. Djamal ta tur tímido, pero e ta papia tòg un tiki ounke Chichi mester push'é i asta dal e un skòp chikí pa e kontestá na

drechi.

Djamal ta keda wak coach Fred ku wowo grandi.

"Djamal bo sa hunga futbòl?"

"No mener, na skol nos sa hunga trèfbal, pero nunka mi no a hunga futbòl ku bala, ku bleki so," Djamal ta bisa.

Coach Fred ta hari. E ta bùk kue un bala ku ta banda di su pia. "Ata un bala aki Djamal. Bai kas kuné i asin'ei bo por hunga na kas tambe."

Djamal su wowonan ta bira mes grandi ku skòter, su boka ta kai habrí, "Bèrdat? Un bala di futbòl pa mi?" Djamal no por kere.

Chichi mester bolbe push'e pa e saka man i despues dal e ku pia pa e kòrda bisa danki.

"No wòri ku bo no por hunga bala ainda, Djamal. Akinan nos ta siña bo tur kos. Kon pa pasa bala, tira gol, tira tiru liber, kòp bala, kore duru, i skùin hende. Lo bo ta pròf pròf ora bo sali akinan."

Djamal ta kuminsá hari.

"Bo tin ku bin trein tres bia pa siman. Asina bo kaba bo hùiswèrk mi ta warda bo kuat'or. Bo no por yega lat si. Den tur tim tin regla i bo mester tene bo mes na e regla di yega na tempu. Bo ta kere bo por?" Coach ta puntra.

"Sigur mener!" Djamal ta bula ariba i abou. "Mi ke bin. Mi lo bin na tempu. Pero mi no sa si mi kèts ta wanta hopi dia mas, ..." E ta saka su pia i mustra mener e kèts ku tur e leim riba dje.

"Ai, ai, aaai," Chichi ta baha kabes i e ta bisa skèrpi, "Djamal! Bo no a bisa mi ku bo kèts a kibra te ku bo a leim e! Mi ta bisa Mama pa kumpra un otro p'abo, no tin mester molestiá e mener ku e kèts kibra mahos di leim ei!"

Coach Fred ta bisa: "Ata! mi a lubidá di bisa bo, ban wak ku mi." Nan ta kana bai un ket chikí i e ta habri e porta i ta saka algun kaha di sapatu afó. "Tin algun kèts di futbòl nobo nobo den e kaha. Kua sais bo tin?" Coach Fred ta puntra.

Pero Djamal no sa. Ta Mama sa trese kèts p'e ora skol ta bai kuminsá.

Coach Fred ta kita un kèts di Djamal su pia. Djamal ta purba ranka su pia i skond'e bou di e stul, pa coach Fred no wak su mea diki ku sushi manera lodo. Bèrgwensa!

Coach Fred ta hasi manera e no a ripara nada i ta midi e kèts bieu ku e kèts nobo. E no ta pas. E ta habri algun otro kaha te ora e haña un ku ta parse ta e sais. E ta duna Djamal un par di mea di futbòl. "Esakinan tambe ta pa bo Djamal," e ta bisa. "Ora bo bin hunga bala bo por bisti bo meanan tambe ku bo kèts nobo." E ta laga Djamal bai pas e kèts.

Chichi ta yud'e pas i primi dilanti riba e kèts pa wak si e tin sufisiente espasio aden. E sapatu a keda bon bon. E ta kolo oraño briante, saká ku un rant hel! "Master yu!" Djamal ta grita.

"Bo por bai kas ku bo kèts, pero bo mester tres'e tur training si pa bo siña kore kuné bistí," coach Fred ta bisa.

Ku un kurason yen yen Djamal ta bai kas. E ta blo kòrda riba Binchi. Mara Binchi tambe por bai hunga bala, pero e no por bisa nada paso Chichi lo rabia sigur.

Na kas, ora Chichi bai wak novela e ta slùip sali bai wak si e ta topa Binchi i pa su di bon e ta mir'e den kaya!

"Binchi!" Djamal ta grita kontentu.

Binchi ta kore yega.

"Binchi, awe mi a drenta den un tim di futbòl, anto e coach a n'ami un bala pa nos hunga anto mi tin sapatu di futbòl nobo nobo, oraño!" Djamal

ta grita. E ta kore yega serka. Pero su alegria ta baha ora e mira Binchi su kara.

Binchi no ta wak masha kontentu. Su kara ta hincha i lila na un banda.

"Kiko a pasa bo?" Djamal ta puntra tur spantá ora e mira e situashon.

"Nada sua! Mi mester kustumbrá ku e trabou nobo aki." Binchi ta bisa.

KAPÍTULO 13

Trabou

Kua trabou bo tin anto?" Djamal ta puntr'e.

"Nada sua! Nada pa un gai mimu manera abo. Mi ta bisa bo despues. Ban hunga ku e bala ei." Nan ta kore bai vèlt i hunga bala ku un bala di bèrdat pa promé bia. Nan ta hari, pasó nan pia ta keda hera e bala, pasó e ta asina rondó.

Basta ratu despues nan ta tende un gritamentu. "Binchi! Bin aki!"

Binchi ta span wowo i ranka bai, laga Djamal ku e bala.

Un gai ta para na rant di e vèlt i ta papia. E ta punta su dede den Binchi su kara. Binchi ta bira chikitu i keda para ketu ketu tanten e gai ta keda zundra i pusha dede den su kara.

E gai tabata kabes bashí, ku prek grandi na su man, su wowonan tabata wak skèrpi i tira kandela. E parse un bendedó di droga! Djamal ta tene su bala duru i su wowonan ta keda fihá riba e gai grandi ei. Miedu ta drenta su kurason. Su pianan ta tembla un tiki.

Ora Djamal kana yega mas serka, Binchi ta bis'é, "Bai kas Djamal, mi tin ku bai traha."

Djamal ta lastra pia bai kas. Djamal ta sinti manera tin un piedra den su stoma. Kiko awor?

Den e siman ei Djamal ta kuminsá bai vèlt tres bia pa siman. Coach Fred ta prèt. E ta gusta papia ku tur mucha i hasta tenta nan. Nobo nobo Djamal no ta bisa nada. E no konosé hende ku ta papia hari tantu asin'ei i nunka no ta zundra òf papia palabra malu. Djamal ta keda wak coach Fred bon pa e wak ta kon e kos ei por ta.

Coach Fred ta duna nan buskuchi despues di wega i tin aw'e lamunchi den e jug ku eis friu friu. Nan ta sinta riba pieda riba vèlt i papia hari. Coach Fred a duna nan tur un bèinam i nan ta hari. Djamal su bèinam ta chiwis. Pasó un dia el a kome henter un saku di chiwis. For di e dia ei coach Fred ta trese chiwis tambe pa kome despues di wega.

Ora di kome coach Fred ta grita, "Muchanan, bin sinta pa boso komo i bebe. Unda mener Chiwis ta?"

Tur mucha ta hari i nan tur ta kore bin.

Djamal a kue kurashi i bisa: "Ata mi aki, coach Fred Krokèt."

"Coach Fred Krokèt! Ha, ha, ha, ha, ha, hah" Tur mucha ta hari i di e dia ei Djamal ta Djamal Chiwis i coach Fred ta coach Fred Krokèt.

"Boso ta hari mi no?" Coach Fred (krokèt) ta bisa. "Pero warda boso ta sa. "Mener Te, bo ke buskuchi?"

Tur hende ta keda wak otro. Ken ta Te? Nan no tin niun Te, den nan tim.

Despues nan ta komprondé. "Ta Edwin Coffee, coach ta yama Mener Te." Riki ta grita.

"Bon, Riki Chikí." Coach Fred ta hari. Riki ta masha largu mes i yam'e Riki Chikí ta hopi prèt. Tur mucha ta lora bou.

"Awor sin wega, muchanan." Coach Fred ta bisa. "Ken ke buskuchi, chiwis i djus?"

"Ami!" tur mucha ta grita i ta bula rònt i hisa man na laira.

Coach Fred ta laga nan para den rei pa tuma nan buskuchi. Ora kada un yega na bùrt e ta grita nan nòmber. Esta e nòmber ku el a traha pa nan.

"Mener Mantiel!" e ta grita i Gabriel Tielman ta kore yega. "Presente!" E ta bisa. I tur mucha ta hari.

"Mener Tinamar!" Coach Fred ta grita.

I bou di hopi harimentu, Gershwin Martina ta grita, "Presente!"

Asina nan tur ta kome buskuchi i hari.

Den e siman ei Djamal ta keda bai trein ku smak. E ta siña kòp, i pasa bala. Su pia no ta hera e bala mas i coach Fred ta pensa ku e lo ta un bon delantero.

Un dia, despues di training, e ta yega kas un tiki kansá. Ta un tiki skur kaba i e ta kana drenta kas, benta su tas den huki i bisa, "Bonochi!"

E ta hisa kara wak i keda para di fris den porta di kas. E gai grandi yen di prek ku ta duna Binchi trabou ta den komedor sintá ta papia i hari ku Chichi i Vidi.

Un harimentu i 'kontentuheid'.

Djamal a habri dos wowo grandi riba nan.

"Djamal!" Chichi a grit'é. "Bin kumindá. Esaki ta Bieu. Un amigu di mi."

Djamal a sakudí su kabes un tiki, bisa un bon tardi chikí chikí i kana bai den kushina. Tabata tin saté ku batata, aros brua, webu hasa i pia di galiña. Chichi a kana bin su tras i bis'é.

"Kome kuantu ku bo ke, ta Bieu a trit nos awe."

"Mama sa?" Djamal ta puntra.

"Mira bo no bai bis'é!" Chichi ta bisa. "Kuantu bia mi no a keda ketu ora bo yega lat? Awor wak bo hasi meskos p'ami!"

Djamal ta kome ku djente largu. Ai no yu, ta kiko ta pasando? Nèt awor ku e tin bala di futbòl nobo i sapatu nobo e kos aki tin ku sosodé?

E ta bai stret su kama pa drumi pa e no mester papia ku Bieu.

Mainta ora e lanta pa bai skol, su mama ta sinta papia kuné tokante di e wega di bala i kon tur kos ta bai. "Bo no a bai banda di Binchi ku su bendedónan di droga no?" Mama ta puntra.

Djamal ta bisa ku nò, pasó bèrdat e no a bai einan, pero loke mama no sa ta ku e bendedó di droga ta te den nan kas mes!

Kabes abou Djamal ta kana bai skol.

Mèrdia pa su sorpresa Chichi no tei na porta di skol pará i Djamal ta kana bai su pal'i tamarein sin speransa di topa Binchi, pero djis pa kustumber numa. E ta kai sinta riba su piedra. Direpente e ta tende un zonido konosí i e ta bula lanta! "Binchi! Bo tei?"

"Tur dia mi tei sua, ta bo ta hasi ko'i mèmplis i no ta pasa akinan mas." Binchi su stèm ta zona for di e yerbanan altu nan.

Djamal ta dal un gritu hari ora e mira kabes di Binchi sali for di e yerbanan. "Ta Chichi ta para warda mi na skol anto mi no ke pa e sa di e kaya chikí ni e pal'i Tamarein aki. Esaki ta nos sekreto!"

"Bo a trese e bala?" Binchi ta bula puntra.

"Sigur no!" Djamal ta kore habri su tas di skol i na lugá di hùiswèrk e tin e bala aden!

Nan ta skòp bala te ora nan kansa.

"Ban kas ku mi mi ta wak kiko tin di kome," Djamal ta bisa.

"No sua! Mi tin sèn." Anto Binchi ta mustr'e un papel di 25 florin. "Mi ta traha awor bo a lubidá?"

Mes ora Djamal su kurason ta bira duru manera blòki atrobe. "Binchi kiko bo ta traha? No ta kos malu tòg?" Djamal su stèm ta tembla.

"No yu! Djis mi ta hiba kos pa algun hende. Algun paki chikí. Nan ta n'ami un tiki sèn pa kada paki, fásil, fásil. Asta mi tin tempu pa bin hunga bala ku bo si mi tabata tin sapatu," Binchi ta bisa.

"Bo ke mi pidi coach Fred? E tin hopi sapatu den su kònteiner. Wak mi na punta di hanchi pa mitar di kuater i nos por kana bai e ora ei." Djamal ta bisa.

"Si e bisa "nò", mi ta gewon sinta wak bo," Binchi ta bisa.

Ora nan yega vèlt, coach Fred ta kontentu di wak Binchi. E ta wak den kònteiner i e ta mira ku tin un sapatu ku lo pas Binchi tambe!

"Djis bisa bo mama òf tata pasa mayan yena papel serka mi, anto bo por kuminsá!" Coach Fred ta bisa kontentu.

Binchi ta baha kabes i bai sinta wak e wega.

Nan ta kana bai kas huntu. Djamal tin gana di pidi Chichi bin serka coach Fred pa Binchi. E ta kana plania e kos, pero ora nan lora hanchi di Djamal su kas nan ta mira un outo pretu cadilac lombrá para dilanti di e kas!

Binchi ta bula para stret! E ta stòp di kana i bira lomba kore duru bai. Djamal ta keda para wak e boka habrí. Poko poko e ta lastra pia yega su kas i manera e drenta paden e ta komprondé e problema. Bieu tei atrobe!

Anto e biaha aki e ta na grandi sintá den sala ku su pia di strèk i sapatu na banda pon'é manera ta e ta doño di kas.

Djamal ta pasa ku un "bon tardi" chikí bai den kushina. Einan tin paki di kuminda di un restorant krioyo. Tin galiña stoba, aros i salada. Tin hopi kuminda.

Djamal ta kou i guli. Tur kos ta smak manera papel pe. E ta slùip drenta den su kamber. E ta keda sinta ei den henter anochi te ora Bieu bai pa e no papia kuné.

Tur e dianan siguiente Binchi ta warda riba Djamal sintá na punt'é hanchi i ta bai vèlt ku Djamal pa wak e training. E ta kore na banda, grita kiko mester hasi, bati man i animá, pero e mes no por hunga.

Coach Fred ta keda puntr'e pa su mama bin yena e papel anto Binchi ta bis'e ku su mama lo pasa mayan. Tur dia mesun kos.

Djamal ta hala coach Fred un kantu i bis'e ketu ketu ku Binchi su mama ta den prisòn i no por bin.

E ora ei, coach Fred ta laga Binchi drenta wega numa sin firma.

Djabièrnè atardi despues di wega tur mucha ta keda sinta papia, hunga wega i hasi prèt serka coach Fred. Coach Fred ta pone limonada i pòpkòrn pa nan i nan ta pasa dushi.

KAPÍTULO 14

Un Bishita

Mei mei di tur fiesta un outo Cadilac grandi lombrá ku su plata bunita lombrá ta skuer i stòp banda di e vèlt. E porta ta bula habri i un hòmber kabes bashí ta sali afó. Djamal ta spanta. E konosé e hòmber bon bon! Ta Kabes. Ruman grandi di Binchi.

E hòmber ta kana yega serka i kue Binchi na su krag. E ta dal e wanta. "Ahan! Ta e kosnan aki bo ta kana hasi no? Anto bo no a bisa mi."

Coach Fred ta bula bin dilanti i bisa. "Hepa, brò, ban trankil, ta bala nan ta hunga."

"Bala? Ken a duna bo pèrmit pa hunga bala? Bo ta laga mi ruman hunga bala sin pèrmit di mi? Den bo tim? Bo sa ku mi por bisa polis riba bo?" Kabes ta grita.

Coach Fred ta bèk un tiki patras, i e ta bisa; "Ta un ratu e muchanan ta pasa hunga bala akinan, no tin nada malu."

"Ai si, asina bo ta bisa. Awèl wega di bala a kaba!" Anto e ta lastra Binchi hinka den e outo.

Djamal ta tembla riba su pianan, pero e ta rèk nèt nèt pa e mira ku e hende den e outo sinta ta Bieu. Kier men Bieu i Kabes ta huntu!

Despues di e kos ku a pasa ei tur kontentu a bai laga e muchanan i un pa un, nan ta kana bai kas. Djamal ta keda serka coach te lat. E no ta papia hopi ku coach Fred, pero e ta yuda coach Fred ordená den e kit. Asina su kurason ta bira un tiki mas trankil i e ta kana bai kas. Ya ta basta skur kaba i e ta kana lihé pa su rumannan no rabia kuné atrobe.

Den hanchi e ta mira Bieu su outo para nèt dilanti kas di e bisiña. E ta rekonosé e outo p'esei e ta lora pasa di patras di kas pa e no mester kumindá. E ta slùip drenta kushina i kome un tiki di e kuminda ku Chichi a laga pe. Ta un bon stobá, aros i sous. Pero e ta kou e kuminda ku djente largu i guli. Asina e kaba e ta lanta laba su tayo. E no a ni mira ni tende Bieu mes. Ni Chichi. Ta dushi ketu. E no a bai buska nan pa wak tampoko.

Pero nèt ora e ta lur pa wak na unda nan ta e ta tende Mama su stèm. Mama ta drenta i puntra, "Di ken e outo grandi para eifó ta? No ta aki e ta tòg?" anto e wak Djamal duru den su kara.

E ta hisa skouder. "Mi no sa Mama" e ta bisa. Mi a kaba di yega kas for di wega di bala." I e ta sigui puntra, "Dikon mama ta na kas riba un djabièrnè nochi? Mama no tin ku traha catering?"

"Mi no sa mi yu. Mi a sinti mi preokupá p'esei mi a bin." Mama ta hisa skouder i hari un tiki skùin. "Ko'i hende bieu sigur. P'esei mi di laga mi bin kas bin wak boso. Mi ta kontentu di topa bo na kas i no den mal amigunan ta hasi malu. Unda tur otro hende ta?"

"Preokupá? Anto p'esei Mama a keda sin bai traha?" Djamal ta sakudí kabes ku boka habri.

"Mi ta bai un bes ei. Mi a bisa nan ku mi lo yega lat. Na orashon djárason ei e lès a bai tokante di skucha Spiritu Santu. Anto kon Dios ta papia ku hende ku un stèm suave i nos mester skucha. Awe mi a kuminsá sinti mi nèrvioso i mi a disidí di bin kas bin wak ku boso tur ta bon. Danki Dios bo ta na kas. Coach Fred tambe ta bon? Tur kos a bai bon ku klup di bala?"

Djamal ta sakudí kabes ku "si" paso e no por bisa Mama kiko a pasa ku Binchi i Kabes.

Mama ta kana bai direkshon di kamber di Chichi. E ke pusha e porta habri, pero esaki ta na lòk. E ta grita, "Chichi! Habri e porta aki mes ora!" Kiko ta pasando ei den?

Chichi ta habri e porta bisti na su yapon di drumi anochi.

"Konta mama ..."

Pafó nan tur ta tende un skuermentu di outo. Mama ta kore bai wak na bentana nèt pa e mira e outo pretu skuer pasa dilanti su kas!

E ta bira ku un zuai i puntra Chichi, "Ta ken esei ta?"

Chichi ta hisa skouder. "Kon mi por sa Mama? Ta den kamber mi tabata; Drumí"

"Dikon bo porta ta na lòk?" Mama ta puntra sospechoso.

"Mi no tabata ke pa Djamal bin lanta mi. Mi tabata kansa. Ayó mi ta bai drumi." Anto asin'ei e ta bira lomba bèk pa drenta su kamber. Djamal ta tira bista paden i ta ripara ku e bentana ta hanchu habri! Nunka e no sa ta habri, pasó e ta un tiki lòs i por kai afó fásil. Semper nan ta habri e bentana chikí pabou. Pero aworakí e grandi ta habri i kortina ta waya.

Mama no ta ripara i Djamal ta baha kabes i bai sinta den kas, pensando. "Kiko awor?"

E ta warda Mama bai traha pa e sali kas i purba bai wak kon ta ku Binchi.

Ora e yega e ta tira algun pieda suave suave na e zim klaba na e bentana di Binchi su kamber.

Mesora e ta mira moveshon i Binchi ta gatia sali. Su kara ta tur hincha. E ta pone dede na su lep. I ta traha su dede forma di un pistol.

Djamal ta komprondé. E gainan ku arma tei.

Binchi ta baha for di e bentana i kore bin serka Djamal.

"Shhhh, Bieu i Kabes tei i nan tin arma. Warda mi tras di e palu ei. Mi ta bin un bes." Binchi ta bisa.

Ta dura basta tòg promé ku Binchi bin bèk, pero Djamal ta keda ward'e.

Ora e kana yega Djamal ta saka un saku ku algun kos di kome i duna Binchi. E ta guli tur kos mes ora.

Despues e ta bisa kòrtiku: "Ban!"

Nan ta kana sali kaya, lora pariba i drenta sali otro kayanan. Binchi no ta bisa masha i Djamal tin miedu di puntra kiko ta pasando.

Ora nan yega un punta di hanchi grandi kaminda hopi outo ta pasa Binchi ta kai sinta riba stupi di e kantor di number.

Despues di un ratu kòrtiku un gai ta para i dun'e sinku florin i tuma algu lorá den fòil serka Binchi. Asina un tras di otro nan ta keda bin i Djamal no por ni papia ku Binchi. Asina drùk e ta. Te banda di mardugá e ta kaba ku tur su pakinan i e ta lanta pa bai kas. Djamal ta morto kansá i su wowo ta kai sera, pero Binchi ta sprinchi sprinchi.

Ketu ketu nan ta kana bai kas.

Djamal ta bisa, "... uhmm, Binchi, uhmmm, bo ta bende e kosnan ku bo ruman ta traha na mesa? Ta esei ta bo trabou?"

Binchi ta bisa: "Sera bo boka sua! No ta tur kos bo mester sa."

"Pero Binchi, bo mama ta será pa e kos ei. Bo ruman nan tambe, ..." Djamal ta bisa.

"Bo no por sera bo boka sua? Mi sa kiko mi ta hasi. Nada no ta pasa." Binchi ta rous.

Pero promé ku e por kaba di papia un lus grandi di outo ta dal nan. Binchi ta bula un banda i ranka Djamal. "Kore kore," e ta grita i nan ta kore drenta un hanchi smal. Kachónan ta kuminsá blaf sin miserikòrdia.

Djamal ta bira su pia den un buraku. "Auuuuw" e ta pone dos stap mas, pero despues e ta dal abou.

Tras di nan nan ta tende bum bum bum. Pianan pisa ta persiguí nan.

KAPÍTULO 15

Un Anochi Tristu

Bieu ta bùk i ku kara hinchá i hostiná e ta kue Djamal na su krag i rank'e poné para.

Binchi tambe a stòp di kore i ta kana bin bèk.

"Lag'e bai. E no sa di nada." Binchi ta bisa.

E ta pusha Bieu su man for di Djamal su kurpa, pero Bieu ta dal e un moketa, i Kabes ta kue Binchi tene. Maske kon Binchi bringa kuné e no por kontra di Kabes. Su brasanan fuerte ta tene Binchi manera ta nada.

Bieu i Kabes ta lastra e muchanan i hinka nan den e outo.

Djamal tin di mas doló na su pia pa e ripara kon bunita e outo ta di paden. E stulnan di kueru ta asta hole dushi ainda.

Djis un ratu despues nan ta yega kas di Binchi. Nan ta baha e muchanan afó i bai den e kas. Mesora, Bieu ta kue un pida kabuya i mara e muchanan su mannan i pianan.

Kabes ta saka e sènnan for di e saku di Binchi i kuminsá konta nan.

"Unda e otro pakinan ta?" E ta puntra gruñá.

"Mi a bende tur." Binchi ta bisa.

"No! Falta dies paki, no purba fregá mi mucha! Unda e dies pakinan ta?" Bieu ta grita.

Djamal ta grita yora.

Bieu ta dal e un wanta i Binchi tambe ta haña.

Kas ta skur skur. Djamal ta kuminsá grita masha duru mes.

Mes ora Bieu ta kue un tishùrt i pusha e tishùrt den su boka! E ta kasi stek!

"Lag'e bai!" Binchi ta grita. "Ta mucha di skol e ta! E no sa di nada.

"Mi ke mi dies pakinan! Mi no tin kunes di unda nan ta sali." Bieu ta bisa.

Bieu ta buk i kuminsá listra Djamal. Kabes ta sende e telefòn su flèshlait i nan ta sende e lus den su kara. Su wowonan ta hincha di yora. E ta bringa pa hala rosea, pasó su boka ta yen yen di e tishùrt. Bieu ta hinka man den su karson i saka diferente paki di fòil lorá.

Djamal su wowo ta bula bai Binchi lihé lihé i bin bèk. Su wowo nan ta span un tiki mas tantu i sin sa ki ora e ta tambaliá riba su pia i kai flou.

Bieu i Kabes ta push'e un banda, i bula kana bai Binchi. Nan ta skòp Binchi i grita. "Bo kier a hòrta nos no? Hòrta dies paki? Bo a kere ku nos klientenan no a ripará ku ta un tiki ko'i kèns nan a haña den nan paki?

Nan ta kue Binchi, his'e, i tir'e, mará manera e tabata den su kamber i dal e porta sera. Djamal ta keda bentá ei bou sin por lanta.

Ta un anochi tristu.

Despues di basta ratu Djamal ta bin bei. Pafó ya kaba tin un tiki klaridat leu aya. Djamal ta riba e flur sushi sin por bòltu, pasó su man i pia ta mará. E ta kuminsá keña. E no por grita, pasó su boka ainda ta yen.

Binchi ta den kamber i ta grit'e, "Djamal, nan a bai! No spanta. Nos ta sali afó."

Pero Djamal ta keda keña i yora.

Binchi tambe ta kuminsá yora.

Un zonido patras den kas ta laga tur dos mucha keda ketu. Pia ta zona. Ta Boy, fuma fuma ta tambaliá i kana pasa. E no ta ni mira Djamal bentá ei bou.

Binchi ta tend'é i ta grita, "Yudá mi, yudá mi."

Nèt promé ku Boy sali kas e gritamentu ta yama su atenshon. E ta bira bèk i mira Djamal drumí abou ta wak e ku wowo grandi yen awa.

"Mucha kiko a pasa bo?" E ta bisa i ta tambaliá bin bèk.

E ta wak e mannan mará i ta kue un kuchú for di riba e mesa i kòrta e kabuya i libra Djamal. E ta tambaliá i e punta di e kuchú ta pui Djamal i sanger ta kuminsá basha. Boy ta wak e sanger na su man i e ta spanta i kore bai. E ta benta e kuchú tur na sanger abou!

Djamal ta ranka e paña for di su boka i grita, "Boy, Boy bin bèk mi ta bon. Nada un pasa."

Pero Boy a baha na katuna bai masha ora.

Binchi ta grita for di den kamber. "Kiko a pasa? El a lòs bo?"

"Auuw!" Djamal ta bisa. "El a kòrta mi sin por yuda."

Poko poko e ta lastra yega na e kuchú i e ta kue i kòrta e kabuya di su pia.

Ora e ta lòs, e ta bai den kamber i lòs Binchi.

Nan dos ta keda sinta. Binchi su kara ta blou blou. Tur dos su wowonan ta hinchá!

Su lep ta hinchá i kòrtá. Sanger a seka riba su kachete i su kamisa tabata yen sanger.

Nan ta wak otro.

Binchi ta bisa: "Mi kier a keda ku algun paki pa mi bende pa mi mes. Mi a parti nan paki na mitar pa mi sobra pa mi mes. Mi ta kere nan a èp Bieu bis'é."

Djamal ta bisa, "Semper bo ta sabi asin'ei, pero e biaha aki el a sali bo di malu. Shon Flora ta bisa ku 'Un dia tur kos malu ta sali na kla.' Awe ta nos dia.

Binchi ta sakudí kabes ku "si". E mes a ripará ku asin'aki si no por.

Djamal ta sigui bisa, "Mi no ke pa bo bende droga manera bo famia. Mi no ke pa bo bai prizòn manera bo mama i rumannan. Mi no ke. Shon Flora a resa p'abo. Mi Mama tambe a resa p'abo. Mi ta kere Dios por yuda nos. Si nos papia ku coach Fred talbes e sa kiko pa hasi? Si bo keda aki, nan por mata bo e biaha aki. Anto mata mi tambe! Ban mi kas ku mi. Mi ta skonde laga bo baña i kambia paña serka mi."

Djamal i Binchi ta purba kana sali, pero tur kaminda ta doló. Kasi nan no por kana. Djamal a mara su man kòrtá ku un tishùrt. E sanger a basha i muha tur e tishùrt. Asina mes nan ta kana poko poko ku yen di doló bai kas di Djamal. Pa nan sorpresa nan ta yega den hanchi di Djamal i topa hopi moveshon einan. Outo di polis ku lus sendé.

Hende pará pafó.

Poko poko nan ta kana yega serka pa wak ta kiko a pasa.

Ora nan pusha pasa dilanti un bisiña ta grita: "Ata Djamal! E ta na bida!"

Dos outo di polis mas ta kore yega.

Pa nan sorpresa grandi coach Fred ta pará mei mei di e polisnan. E ta bistí na unifòrm di polis!

Coach Fred ta polis?

Djamal i Binchi tur dos ta wak coach Fred ku wowo grandi i boka habrí.

Coach Fred ta kai sinta i wak nan den nan kara.

"Kua di boso ta hasi negoshi ku Bieu i Kabes?" E ta puntra.

Djamal ta baha kabes.

Polis ta kuminsá listra e muchanan, i ta saka un paki di plata mas for di saku di Djamal.

Mama ta pusha kana yega!

"Mi yu!!!!!" e ta grita. Mi yuuuu, bo ta na bida? Binchi tambe?"

E ta kue Djamal brasa i ta brasa Binchi tambe.

E ta keda grita, "Danki Dios pa duna mi mi yu bèk. Danki mi Dios."

KAPÍTULO 16

Polis

Polis ta pusha mama un banda. "E mucha aki ta bende droga," e ta bisa."

"Nòòòò," mama ta grita. "Mi yu ta bai skol i ta siña bon! E no sa mes di droga."

Un polis ta lastra Boy saka for di su kamber. Su mannan ta tur na sanger ainda.

Boy mitar fuma ta hari un tiki i laga nan gui'e pa bai e outo di polis. Asina Polis ta bai ku tur. Djamal, su Mama, Boy i Binchi.

E dia ei ora solo sali kas ta bashí i tristu.

Chichi ta yora un tiki den stul di sala sintá. Vidi ta bari kas ku un furia i ta hisa kos benta i papia den su so. Hopi hostiná e ta.

Direpente e outo pretu nechi ta para dilanti porta.

Vidi ta wak pafó. "Kiko awor?" E ta puntra. "Ta ken e hòmber den e outo di droga ei ta ku ta para dilanti nos kas? Ta bèrdat ku Djamal ta bende anto?"

Chichi ta bula lanta i ta defendé. "No ta outo di niun droga! Ta mi amigu esei! Mi a konosé na porta di skol! E ta ruman di un mucha di skol di Djamal."

Vidi ta dal e porta di kas sera na lòk i ta hala e kortina. E ta pusha Chichi den kamber i sera e porta ei tambe. "Bo kabes ta bon? E gai e ta Bieu, e ta den guèn ku mama di Binchi! E no ta niun "ruman grandi." Asina e ta bisa djis pa e por manda riba mucha. Pero ta droga e ta bende."

Chichi no ke kere i ta yora i purba defendé su mucha hòmber. E ta sali e kamber i habri e porta pa Bieu ku un smail ku e la plak riba su kara.

Bieu ta pusha e porta habri i pusha Chichi un banda.

Chichi ta bula kue su man tene i primié i keda wak e ku wowo di pushi.

Pero Bieu su atenshon no tabata einan e ora ei. E la gruña, "Unda e mucha ta drumi? Anto el a pusha drenta e kamber mei mei. Einan el a kuminsá bòltu tur kos i buska den tur kos sin por haña nada.

Chichi a kuminsá yora i Vidi a bin ta grita, "Sali pafó!"

Bieu ta kue Chichi na man i push'e riba Vidi. Tur dos ta bai kai patras. Bieu ta bòltu e kama boka bou. Pero no tin nada di haña abou. Djis algun par di sapatu di mama.

Chichi ta kore kue Bieu su man atrobe i pidié pa stòp.

Bieu ta stòp pa un ratu, hisa su man i dal Chichi un wanta den su kara! Pats!

Chichi ta grita.

Vidi ta trèk e sak'e for di e kamber i nan tur dos ta kore bai bisiña i pidi pa yama polis.

Pero promé ku Polis por bin Bieu ta sali e kas i drenta su outo i skuer bai.

Na warda di polis tampoko kos no ta bai bon. Boy ta asina betrá ku el a pega soño riba e stul i kai na banda. El a keda ei bou bentá.

Polis ta buska un hende grandi ku ta responsabel pa Binchi, pero e úniko ku nan por haña ta e ruman hòmber ku ta un drogadikto grandi i no ke bin warda di polis pa papia pa Binchi. Mama ta papia pa Djamal i ta roga Djamal pa papia bèrdat.

Binchi mes tambe a bisa tur kos kaba.

"No ta Djamal a hasi nada." E ta bisa. Djamal ta un bon mucha. E ta bai skol. E ta sabí. Ta ami a hinka e pakinan den su saku ora e no a ripará pa mi skonde nan di Bieu i Kabes."

Asina e ta konta polis ku el a kuminsá yuda Bieu i Kabes pa e haña sèn, anto el a mira kon fásil ta pa bende e pakinan, pues e kier a bende su mes. E no tabata tin paki di su mes. P'esei el a parti tur paki di Bieu i Kabes na dos i keda ku mitar pa e traha paki pa su mes bende.

Bo sa kiko ta den e pakinan? Polis Fred a puntr'e kurioso.

"Si coach, ta droga." Binchi ta bisa i Djamal ta sakudí kabes ku si.

"Bo sa kiko droga ta hasi ku hende?" Polis Fred ta sigui puntra.

Binchi ta grawatá kabes un tiki. "E ta laga hende bai será." E ta bisa ku stèm chikí.

Su wowonan ta bai bin i e ta para kla pa e hui bai, pero den warda di polis no tabata tin masha kos ku e por hasi.

"Bai será so no ta tur kos Binchi. Mi tabata kier men mas e daño ku e droga ta hasi na un hende." Polis Fred ta bisa.

"Manera Boy?" Djamal ta puntra "Ta p'esei Boy ta keda den kama so i huma cheiba? Ta e droga a hasi'é asin'ei?"

Binchi ta span dos wowo. "Pero mi rumannan ta bende i nan no ta den kama manera Boy." E ta bisa, pero e ta keda guli i su wowonan ta hanchu habrí.

Mener Fred ta bai papia ku algun kolega i e muchanan ta ripará bon bon ku ta tokante di nan e kombersashon ta bai. Nan sa ku nan ta muchu yòn pa bai piskalat, pero talbes polis lo manda nan GOG? Awor ku nan ta den e warda di polis, ku un èrko friu friu nan ta kuminsá tembla di friu i di miedu!

Mama mester brasa tur dos. Aunke den su kurason e ta kulpa Binchi pa hinka su yu den problema. Pero ei mes e ta mira kuantu miedu i desesperashon Binchi tabata tin, anto sin ni un famia pa yud'e.

Asin'ei nan tres ta sinta brasá i Djamal ta skucha kon Mama ta hasi orashon ku bos abou abou sin stòp. Aunke e mes no sa hasi orashon, e ta sinti un trankilidat drenta den su kurason ora e mira ku su mama ta banda di dje i ta hasi orashon.

Mener Fred ta laga e muchanan bai bèk den un sala di espera i Mama so ta bai den kantor kuné.

Nan ta sinta serka di otro i ta tembla. Situashon ta fèrfelu!

Djamal a sinta yora gewon i Binchi no a zundr'e e biaha aki ni a bis'é ku e ta mimu òf stòp di nèk. Binchi mes tabata sinta ta tembla manera kla pa yora.

Direpente nan a tende nan nòmber. Ora nan a hisa kara wak, lugá tabata Shon Flora. E tabata nèchi bistí den un shimis ku flor ros i kòrá i ku su tas duru tené el a kana drenta pa wak e muchanan su drechi. Ora el a mira nan tristesa el a bisa mes ora: "Tene fe mi yunan, no pèrdè speransa. Kos por drecha pa bosnan."

Djamal a bula brasa Shon Flora, pero Binchi a keda wantá. E kier a dal e stap, pasó e tambe ke un hende bras'e, pero e ta kòrda tur e bia nan ku el a hòrta for di Shon Flora.

Shon Flora a habri su man i brasa Binchi. E ta bisa un kos ku ta pone e muchanan para ketu. Ku un smail chikí e ta bisa, "Binchi no tene miedu mi no ta rabiá kubo a hòrta mi sosèshi, mi mango i kashunan. Mi sa ku ta bosnan dos." E muchanan a bira steif di spantu i a keda wak e boka habrí i un tiki tembla.

"Sh ... Shon ... Flora s... s... sa?" Binchi ta tembla.

"Kámara!" Shon Flora ta bisa harí. I e muchanan ta lubidá nan tristesa i hari! Nan no tabata sa mes ku Shon Flora tin kámara na su kas pa wak ladron.

"Mi tabata wak bosnan den kámara ora boso a drenta. Pero mi a disidí di yuda boso, pa bo bai hunga bala i stòp di kana riba kaya."

Un bèrgwensa grandi a drenta tur dos mucha. Nan a lubidá e problema di polis i ta keda wak abou i drai riba nan pia. Nan kara tabata sinti kayente i Djamal a disidí di dal un gritu sigui yora. Katara a sali for di su nanishi i el a snik, hera pega aden.

"Shon Flora despensa! Ora nos sali for di akinan nos lo bin limpia kurá tur siman pòrnada pa Shon Flora." E ta primintí.

Binchi ta span wowo i ta bisa ku smak, "Si anto nos ta pasa pone ko'i sushi afó tur siman, anto Shon Flora no tin nodi di duna nos un florin tampoko!"

Shon Flora ta smail i ta bisa, "Bon idea. Laga nos no papia mas riba mango i kashu. Ban wak kiko pa hasi awor! Boso a tende kaba kiko ta bai pasa?"

Mesora Djamal i Binchi ta kòrda atrobe riba nan problema grandi. Nan ta sakudí kabes. Shon Flora ta brasa tur dos i nan ta kalma un poko.

"Shon Flora, danki pa bini," mama ta kana yega i bisa.

Coach Fred tambe tei i e ta saludá Shon Flora ku un man. Nan konosé otro di misa.

Ta resultá ku e muchanan lo tin ku bai GOG pa nan keda aya pa nan por haña nan kastigu i pa nan siña kon pa biba bon.

"Kier men, mi no por bai kas bèk?" Binchi ta puntra ku kara strak.

"No Binchi, no tin niun hende na kas. Polis a hiba bo ruman i a sera Bieu i Kabes. Bo kas no tin hende grandi aden pa kuida bo. Anto bo tabata bende droga. Esei ta un delito. Si bo tabata mas grandi lo bo mester a bai prisòn, pero dor ku bo ta menor di edat nan lo manda bo GOG.

"Mama! Mi tampoko no por bai kas bèk ku mama??" Djamal ta puntra ku stèm chikí.

Mama ta bras'e i un awa di su wowo ta lèk riba Djamal su man. Mama no ta bisa nada. E no por papia.

Mener Fred ta sinta i pidi tur sinta pa papia kuné.

Shon Flora i mama tabata hasi orashon ketu ketu.

Djamal por mira nan lepnan move. El a keda wak su mama su boka i un trankilidat a drenta den su kurason. Si mama ta hasi orashon e ora ei Dios lo yuda nan sigur. Mama mes ta bisa ku nan mester tin fe den Dios, pasó E ta bibu i stima hende. Djamal ta spera ku Dios lo skucha awe i trese un solushon. E ke bai kas bèk ku mama!

KAPÍTULO 17

Tanchi

Nathalie i Tio Djen Djen

"Awe nochi nos no por hasi masha kos pa boso," coach Fred ta bisa. Mester warda wes i tende loke e ta bai bisa. Pero mi tin un plan. Mi konosé un kas ku yama Solo ta Bria i einan e hendenan ta yuda mucha ku kasi a bai riba mal kaminda. Mi kolega ta na telefòn pa wak si e kas Solo ta Bria ke tuma boso pa tanten pa bo no mester bai GOG te ora wes dikta sentensia. Boso lo por biba einan i siña diferente kos manera planta mata, piska, kuida bestia i mi por bin buska boso pa bai hunga bala ku nos tim.

Si Mama i Shon Flora bai di akuerdo, e lo por hiba e muchanan einan i warda wak kiko hues lo bisa.

Djamal i Binchi ta keda para wak e boka habrí. Mama i Shon Flora ta papia ketu ketu huntu.

"Coach, nos por keda huntu?" Binchi ta puntra anto e ta kue Djamal su man tene.

"Si Binchi," ta un kas e ta. Boso lo keda huntu den kas ku Tanchi Nathalie i su kasa Tio Djen Djen. Nan lo kushiná i kuida boso i siña boso tur kos.

"Kushiná?" Binchi ta puntra ku interes.

Coach Fred ta hari i Shon Flora ta bisa: "Ahan, esei si bo gusta no?"

Binchi ta baha kabes. "Tin bia mi tin hopi hamber Shon Flora. Pero mi no ke hasi kos di golos."

Coach Fred ta hari un tiki i bisa, "Si bo gusta kome, lo bo ta kontentu na kas Solo ta Bria. Pasó einan nan ta kushiná masha bon mes! Funchi, stobá, galiña hasá, mainta tin papa, webu, pan, yerba i tur kos di kunuku ku boso mes ta planta! Nunka mas lo bo no tin hamber."

Tur kos ta zona bon, pero mama tin duele pa su yu bai for di dje. Pero ora mener Fred bisa ku e kas Solo ta Bria ta un kas kaminda nan ta hasi orashon, Mama i Shon Flora ta lanta sinta règt!

"Kier men, nan ta hasi orashon ku e muchanan?" Mama ta puntra.

"Sigur ku si." Coach ta bisa. Nan ta siña e muchanan mes hasi orashon!"

Shon Flora i Mama ta sakudí kabes ku lo ta mihó pa e muchanan bai einan, pasó asina hende lo hasi orashon pa nan sigui riba e bon kaminda.

Djamal ta pensa hopi. "Mi mes lo siña hasi orashon? Mi no sa si mi por! Dios laga mi no keda na bèrgwensa! Pero e ta gusta e idea tòg.

"Pero coach, kon mi ta hasi wak mama? Pasó mi ke wak mi mama tambe!"

"Nos tin ku warda kiko hues ta bai bisa, pero sigur ku bo mama por bin serka bo ora e ta liber òf ora bo kustumá bo ta bin kas den wikènt ora mama ta liber. Ya e tei pa wak bo. Un para a flùit mi ku bo no ta skucha dje bon ei di bo rumannan grandi i bo ta hui laga nan hopi bia!"

Djamal ta baha kabes i sakudí ku si. Ta su mes falta. Su mama a papia hopi kuné tokante di mal amigunan, anto el a keda persistí anto até awor.

Asina e anochi ei, den outo di polis di coach Fred, nan a bai e kas Solo ta Bria. Tabata skur i lat ora nan a yega, pero dos persona ku sonrisa grandi tabata na porta ta warda nan.

"Drenta, drenta, nan a invitá e muchanan. Mama i Shon Flora tambe ta baha for di Shon Flora su outo i tur hende ta drenta den e sala grandi ku hopi sofá i stul den un sirkulo poné. E pareha, Tanchi Nathalie i Tio Djen Djen, ta splika mama i Shon Flora tur kos di e kas i ta mustra nan unda e muchanan lo drumi.

Ora nan a papia i firma tur papel, Shon Flora i mama ta bai kas ku awa na wowo. Binchi i Djamal ta keda sinta den e sala i tur dos tin wowo muha. Nan no por bai kas. Nan tin ku keda akinan. Djamal ta tembla gewon.

Tanchi Nathalie ta bisa kontentu, "Ken tin hamber? Ken ke kome promé ku bai drumi?"

Barika di tur dos ta gruña, pero nan no ke bisa nada.

"Ban den kushina pa mi wak kiko nos tin." Tanchi Nathalie ta bisa i nan ta kana su tras bai.

"Boso gusta funchi hasá ku webu? E ta puntra. Nos tin funchi i webu. Mi por traha un tiki chukulati kayente tambe. Òf boso ke te?"

Djamal ta kue kurashi i puntr'e, "Te ku suku?"

Binchi i Djamal tur dos ta keda wak Tanchi Nathalie ku boka habri i yen di hansha pa sa si tin suku.

"Suku? Bo kier men suku pa den e te? Si tin suku." Tanchi ta bisa. "Boso ke?"

"Nos por haña te ku suku anochi! Dushi yu," Djamal ta bisa harí i nan tur dos ta bira kontentu i ta sinta na e mesa manera Tanchi Nathalie a bisa nan.

Tio Djen Djen tambe ta bin sinta i ta wak kon e muchanan ta kome ku smak. "E ta smak bon?" E ta puntra.

"Master Tio! Binchi ta bisa i ta pròp mas funchi hasá den su boka. Djamal no por papia paso su boka ta yen yen. El a bebe su te den un tiru.

"Bo ke mas te?" Tio Djen Djen ta puntra.

"Ku suku?" Djamal ta informá pa ta sigur.

"Si, pone kuantu suku ku bo ke." Tio ta bis'é.

Djamal ta span dos wowo, pero ta pone tres kuchara so pa e no hasi ko'i mas. Na kas ora e hòrta suku e ta kue kuater kuchara!

Tio ta kombersá ku nan gewon i no ta ni wòri kuantu suku Djamal a kue.

Despues di un ratu nan tin ku bai baña. Binchi a ninga redondamente, pero Djamal a push'e i bis'e pa e no hasi ko'i fresku, pasó kòrda ku mainta nan lo haña pan será ku webu!

Binchi a drenta bou awa numa.

Tio a pone un sèt di shòrt i tishùrt pa nan kada un bisti limpi i asina nan a bai drumi.

Mainta nan no a lanta. E kama tabata dushi, suave ku klechi limpi limpi. E kamber tabata fresku i sin zonido. Ta te mèrdia Djamal a spièrta i sakudí Binchi. Esaki a lanta ku mal beis, pero despues a bula lanta, pasó el a kòrda e pan ku webu.

Den kas tabata ketu ora nan a drenta sala, pero Tanchi Nathalie a bula lanta i kuminda nan ku smak.

"Bon dia! Boso a drumi bon? Boso por laba boka den baño. Mi a pone un skeiru di djente bèrdè p'abo Djamal i un blou p'abo Binchi. Usa eseinan i mi ta kuminsá traha boso kuminda. Boso ke pan será ku webu no? Boso ke spèki tambe? Òf mi traha Pannekoek?"

Binchi i Djamal ta wak otro. Kiko awor? "Mester paga?" Djamal ta puntra poko poko. Mama ta traha dos trabou anto e no tin hopi sèn."

"No Djamal, no mester paga. Nos lo mustra boso kon boso mes lo kuida e kurá i tur kos ku nos ta kome ta bin di nos mes kunuku. E webunan ta di nos mes galiñanan i e spèki ta di nos porko ku nos a mata luna pasa. Nos mes ta traha pan i nos ta bende algun berdura i fruta ku otro hende pa nos kumpra suku. Mi sa ku boso gusta suku!

Tur hende ta hari!

Asina e muchanan ta kome nan barika yen. Komo ku nan no por a skohe Tanchi a traha reskuk i pan pa nan! Nan kada un a haña dos kòpi di te ku suku!

Despues nan a bai ku Tio Djen Djen den kantor pa papia kon ta sigui. Coach Fred tambe a bini i el a splika ku e muchanan lo keda na kas Solo ta Bria asina nan por siña traha den kunuku i hasi lès te ora hues disidí kiko mester pasa.

Mèrdia Mama a bèlnan i puntra kon ta bai i el a primintí Binchi ku el lo bai piskalat pa papia ku Yvette, Binchi su mama, pa splik'e tur kos.

Tio ta saka un potrèt di nan dos den nan sèt di paña nobo i tur ta hari.

Nan bida nobo a kuminsá komo trahadó i alumno di kas Solo ta Bria.

Asina nan tin un speransa riba un bida pafó di kriminalidat.

Pero nada, nada, nada por a prepará nan pa e trabou duru ku nan a kai aden. Trai mèrdia nan a sera konosí ku e otro muchanan ku tambe ta biba einan. Djamal a skucha hopi nòmber, Toenchi, Jojo, Kòrá, i Tref, pero e no sa kua ta kua ainda. E ta ripara si ku tur mucha ta kontentu i tur ta kome HOPI. Ni Binchi, ni Djamal no a bisa hopi kos, pasó nan no konosé muchanan kontentu asin'ei, i nan ta lur wak ta dikon nan ta asina kontentu. Djis un ratu despues ta drenta Alex i Martin ku ta lider di e muchanan i algun hende grandi mas. Tur ta sinta rònt di un mesa grandi i tur ta papia. Nan ta konta Djamal i Binchi algu di nan trabounan. Martin ta lider di kushina. E ta kushiná i tambe e ta siña tur hende ku ke siña kon pa kushiná. Alex ta lider di e kabainan. E ta kuida nan i ta siña tur hende ku ke kore kabai, kon pa kore kabai sin kai. Un lider Liesje tambe ta bin sinta i e ta splika ku e tin e toko te pariba riba tereno i e ta bende fruta i berdura ora tin di mas den kunuku. E gusta planta i kosechá. Asina e sa sigur ku semper tin kuminda den kas. Binchi i Djamal ta wak rònt ku wowo grandi manera skòter! Tur hende ta hari, papia sin pleita ni yoramentu. Lientji ta konta kon e ta yuda ku kuida galiña, piki webu, i tambe tin bia ku piskamentu. Tur mucha ta dal un gritu hari, pasó nan ta kòrda kuantu miedu di galiña Lientji tabata tin. Tabata hopi bochincha. Djamal a keda wak Tanchi Nathalie pa wak ki ora e ta rabia i zundra, pero kuminda a kaba sin niun rabiamentu. Djamal su boka tabata medio habri, ta bira kara di parti drechi bai robes ora hende ta papia pa e tende i wak tur kos.

Ora tur hende a keda papia i hari Djamal a rilèks un tiki i a hala e pòchi suku banda di dje pa e pone ketu ketu suku den su te. El a pone tres kuchara i a lur wak Tio Djen Djen pa sa si e por kue mas sin nan ripará. Su man a keda den laira ora Tio Djen Djen i Tanchi Nathalie a hisa wowo wak e! Su kara a bira kayente!

Tio a bula lanta.

Até! Djamal tabata sa ku nan lo zundr'e! Su wowo a yena yen awa! Dikon e ta hasi kos pa hende zundr'e? Su man a kuminsá tembla.

Binchi ta dal e un skòp duru bou di mesa i ta bis'é den su orea. "Stòp di hasi golos! Mi ke keda akinan, pasó nan di mayan tin pòrkchòp!"

Pa nan sorpresa Tio no ta bisa nada, pero ta bai den kashi kushina i bin bèk ku un saku grandi di suku. E ta bisa: "Despensámi un ratu Djamal. Laga mi yena e pòchi suku, mi kier sa e mester ta den kaba, ya bo por pone suku den bo te. Mané bo gusta."

KIKO? Nunka Djamal a tende un kos asin'ei! Tio no ta rabia kuné i asta ta dun'e mas?? Mara su ruman muhénan por wak!

Un tiki tembla ainda, e ta pone su di kuater kuchara di suku i e ta wak Tanchi Nathalie ta smail kontentu kuné.

P'esei mes e ta kue kurashi i pidi un kòpi te mas ora Tanchi Nathalie puntra ken ke mas kos di bebe. E biaha aki e ta disidí di bebé sin suku numa, pasó di mas ta di mas.

Pero Tanchi Nathalie mes ta pasa rònt i pone su kuater kuchara di suku pe den su te.

Binchi ku wowo di skòter ta puntra si e tambe tin mag i asin'ei e dos mucha hòmbernan ta sinti nan mes riku ku nan te ku suku i nan ta sinta skucha otronan papia.

KAPÍTULO 18

Hunga bala

Nan ta bai den sala despues, kaminda Tio ta lesa Beibel pa nan i hasi orashon. E muchanan ta puntra masha hopi kos mes. Tio ta laga algun mucha buska versíkulo den Beibel pa lesa i Binchi i Djamal ta wak otro yen miedu. Dios laga Tio no pidi nan! Nunka nan a ni karga un Beibel te pa lesa afó. Pero Tio ta sigui lesa trankil ku algun mucha ku ta lesa kuné i nos amigunan ta keda ketu ketu sinta skucha.

Despues algun mucha ta bai hunga "mens erger je niet," algun ta hunga dominó, Dos ta traha hùiswèrk i Tio Djen Djen ta lesa un buki. Djamal ni Binchi no ke hunga. Nan ta wak den un buki ku potrèt di Kòrsou. Masha bunita mes, pero nan wowo ta kai sera masha lihé mes.

Tanchi Nathalie ta ripará i ta hiba nan den nan kamber. Einan el a pone algun sèt di paña mas. Algun flanèl di beisbòl i di futbòl. Master yu!

Mi ta lanta boso trempan mayan pa boso kuminsá traha. Boso lo traha ku Alex trempan i despues, bin paden pa desayuno, mayan ta repa di pampuna ku suku. E ta bisa harí i e ta wak e muchanan di abou. Nan tur ta grita hari.

Nan ta bai drumi i drumi lihé.

Pero pa nan sorpresa Tanchi Nathalie ta yama nan mardugá! Zonzá nan ta para riba nan pia i bai den baño. Nan ta skeiru djente i bisti un shòrt bieu i un tishùrt bieu ku Tanchi Nathalie ta duna nan. E otro muchanan tambe ta sali i tur ta tuma un kòpi di te pará den kushina. Mes ora nan ta sali pafó. Algun ta bai pariba i otro ta bai pabou. Binchi i Djamal ta bai ku Opper i Alex. Opper ta bai siña nan chapi pa planta maishi!

Nan no por a kere! Nada nada a prepará nan pa e trabou duru ku a sigui. E trabou ta masha duru mes! Den ménos ku dies minüt nan tur dos ta sodá i no por mas.

Opper ta hari nan. "Ha, ha, mihó bo a keda skol no?"

Nan tur dos ta wak abou.

"Sinta un ratu bou di e palu ei, anto despues nos ta kuminsá bùrt pa bùrt. Mi tambe tabata mesun kos dia mi a yega. Bo ta kustumbrá."

"Pffffff, ... kustumbrá?" Binchi ta hisa su skouder. "Stòp di nèk sua!"

"Bon no gusta kome funchi?" Opper ta puntr'e. "Ta asin'aki ta planta e maishi pa e bira un mata pa e pari e maishi pa nos mul'e i e ta bira fini pa nos hal'e na un bon funchi òf tutu. Warda bo kurpa. Tutu ku manteka, ... fiew! Dushi mes."

Binchi ta keda skucha boka habrí. El a pensa semper ku funchi ta bin for di den tienda den paki. Nunka e no a pensa ku pa kome funchi un hende mester usa chapi i pone simia den tera. Danki Dios Opper ta yen spit antó e no ta laga e trabou para. Bùrt pa bùrt Binchi i Djamal ta yud'e. Poko poko nan ta mira solo ta sali i ta bira kla i masha bunita mes. E muchanan ta para lèn riba nan chapi pa wak rònt. Esta bunita no.

Despues di un ratu nan ta tende un zonidu. Tur ta hisa kara wak i nan ta mira Tanchi Nathalie pará ku un palu i un bleki ta bati riba dje. Muchanan i hende grandi tur ta sali kore bai kas. Na porta tin un kranchi i tur mucha ta para laba man i kara promé ku drenta den kushina.

Mesa ta kla poné ku repa di pampuna, papa di tamarein i tambe awa di lamunchi. Kontentu tur mucha ta kore kue nan stul. Nan ta pone dos, tres repa riba nan tayó i algun mucha ta pone honing òf suku riba e repa.

Djamal no por kere kuantu kuminda nan ta kome. Un mucha hòmber ku yama Win, ta broma ku ta su pampunanan a lag'e smak bon asina ei. "Warda wak e pampuna ku mi ta bai kosechá otro siman nan ei" e ta broma. "Asina grandi!" E ta span su man hanchu pa e mustra kon grandi i pisa e pampuna lo ta. "Tur dia mi ta bai wak e anto e ta serka di kla pa kosechá.

"Bo ta broma ku bo pampuna, pero sin mi maishinan nos lo no tin repa. Wak kon fini e ariña aki a sali! Trabou di un maestro! Asina e muchanan ta hari i papia kon bon nan kuminda ta smak.

Despues di kome tur mucha ta bai bèk pafó pa sigui ku e trabou. Danki Dios e trabou di chapi a kaba i nan por a kuminsá planta e simianan. Nan a kana stap pa stap i hinka un simia kada 30 centimeter. Djamal a kana tras di Binchi i sera e tera despues ku e simia ta aden i Opper ta kana i muha e tera. Asina nan a logra planta tur 6 liña largu di maishi.

Mas solo sali, mas kalor i kayente a bira i asina diesun or a bati i nan a bai bèk paden. Diferente mucha a bai baña i kambia paña. Otronan ku mester a bai pafó bèk a laba man i kara so i a bai paden. Nan a sinta riba balkon, bebe awa di lamunchi i algun mucha a keda yuda Tanchi den kushina pa pone mesa i saka kuminda. Nan a kome pampuna herebé, batata dushi herebé, Yuka hasá i un bon stobá di galiña. Tabata tin funchi lora den fòil tambe. Djamal no por a skohe. El a tuma di tur un tiki. El a pone manteka fresku riba su pampuna ku salu i sin papia masha el a saboriá tur kos.

Mèrdia nan mester a bai serka Tio den un kantor ku tin mesa i stul pa traha lès, Nan a hasi un èksamen pa wak kon leu nan ta ku skol. Djamal a sali hopi bon i mesora Tio a dun'e algun buki pa e sigui práktika su matemátika.

Ku Binchi si, Tio mester a lag'e pasa un otro èksamen i sinta banda di dje i a resultá ku e no sa e lèsnan. Kasi e no por skibi. Tio a buska buki di mucha mas chikí pa kuminsá siñ'é for di kuminsamentu bèk. Nan a sinta den e klas i diferente mucha a drenta tuma nan bukinan i sinta traha lès òf otronan a bai traha nan lèsnan riba balkon òf den sala. Tur mucha tabata lesando buki, òf skibi nan tareanan. Tabata ketu, paso si un mucha papia Tio ta hisa kara i mesora tur ta keda ketu i traha nan lèsnan.

E muchanan ku a kaba promé a bai den kura pariba di kas i wega di bala a start! Djamal a mira nan sali kore ku nan kèts di bala na pia. Binchi i Djamal ya no por konsentrá mas. Nan wowo ta blo bai pafó.

Tio mes ta ripará i ta bisa nan, "Nos ta sigui mayan. Boso por bai bisti boso paña pa bai trein. Coach Fred ta bin buska boso un bes ei. Wak serka Tanchi Nathalie, pasó e tin mas kèts di hunga bala ku e por fia bo te dia mama trese di bosnan."

Tanten ku nan ta warda riba coach Fred, nan ta skòp bala i pasa pa otro. Tio Djen Djen a sali ku su kitara riba balkon i ta siña dos ruman hòmber Aldrin i Sherwin kon pa toka.

Djamal ta mira dos mucha hòmber lider den kunuku ta muha mata i tambe ta harpa. Pero e ta kontentu ku e no tin ku bai traha mas.

E por bai hunga bala ku coach Fred krokèt!

www.ingramcontent.com/pod-product-compliance
Lightning Source LLC
Chambersburg PA
CBHW030144010826
48973CB00002B/717